KB024385

익숙해질 때

익숙해질 때

초판 1쇄 발행 2018년 7월 9일
초판 8쇄 발행 2021년 4월 12일

지은이 투에고
책임편집 한나
디자인 그별
펴낸이 남기성

펴낸곳 주식회사 자화상
인쇄,제작 데이타링크
출판사등록 신고번호 제 2016-000312호
주소 서울특별시 마포구 월드컵북로 400, 2층 201호
대표전화 (070) 7555-9653
이메일 sung0278@naver.com

ISBN 979-11-963934-5-8 03810

ⓒ투에고, 2018

이 도서의 국립중앙도서관 출판예정도서목록(CIP)은 서지정보유통지원시스템 홈페이지
(http://seoji.nl.go.kr)와 국가자료공동목록시스템(http://www.nl.go.kr/kolisnet)에
서 이용하실 수 있습니다.(CIP제어번호: CIP2018020572)

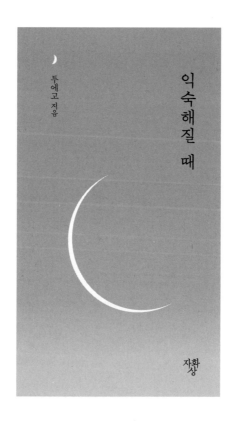

익숙해질 때

투에고 지음

자화상

프롤로그

나는 착각 속에서 살았다

말을 잘한다고
마음을 이해한다고
나 자신을 잘 안다고

정작 나는 몰랐다

말을 하는 법도
마음을 이해하는 법도
나 자신에 대해서도

이제는 안다

말이 얼마나 어려운지를
마음을 이해할 수 없음을
끊임없이 나를 자각해야 함을

첫 번째) 시시때때로 변하는
우리의 온도

세 번째 ● 마지막이
남기는 것들

첫 번째

시시때때로 변하는
우리의 온도

당신과 나의
적정 거리

)

　　일교차가 심한 사막. 두 사람이 걷고 있
다. 밤이 어둑해지자 삽시간에 기온이 영하로 떨어졌다.
설상가상으로 추위와 함께 매서운 눈보라가 몰아쳐왔다.
마땅히 추위를 피할 공간조차 보이지 않아 그들은 급한
대로 구석진 곳을 찾아 서로를 감싸 안았다. 혼자서는 몸
도 마음도 추웠지만, 함께라면 따뜻한 온기를 나눌 수 있
기에 좋았다.

　　얼마나 시간이 흘렀을까. 끝이 보이지 않던 칼바람도
잠잠해졌다. 따사로운 햇살과 바깥에서 지저귀는 새소리
에 둘은 잠에서 깨어났다. 추위가 한바탕 지나간 터라 온
몸이 땀에 흥건히 젖어 있었다. 그들은 익숙한 듯 눈을 털

어내고 일어났다.

내 주변의 온도도 시시때때로 변한다. 어떤 날은 사람이 그립다가도, 어떤 날은 혼자가 되고 싶다. 서로 마음이 같으면 좋겠지만, 상대도 마음이 들쑥날쑥하기는 마찬가지다.

한번은 아주 긴 겨울을 보낸 적이 있었다. 다들 따스한데 나만 추웠다. 온기가 절실해 타인에게 쉽게 기대었다. 처음에는 상대도 그런 나를 따스하게 감싸주었다. 하지만 내가 너무 차가웠던 걸까. 함께 있는 동안 우리가 따뜻해지기는커녕, 상대도 나로 인해 추위에 벌벌 떨어야 했다. 미안함이 밀려와 자연스레 떨어질 수밖에 없었다.

쇼펜하우어는 책에서 '고슴도치들은 추위를 이기기 위해 적정 거리를 찾아 모인다'고 말했다. 가까이 가자니 바늘에 찔릴 수밖에 없고, 그렇다고 멀리 떨어지자니 춥다.

우리의 관계도 비슷하지 않을까. 상대에게 너무 많이 기대면, 그 무게가 버거울 수도 있다. 어쩌면 서로에게 부

담을 주지 않는 선에서 적정한 거리를 유지하는 편이 좋

을지도 모르겠다.

여행이 나에게
주지 못하는 것

)

스무 살이 되고부터 타국에서 4년을 살
았다. 한국으로 돌아와서도 각기 다른 지역으로 여섯 번
이나 이사를 했다. 새로운 곳을 마주하는 기분은 언제나
여행지에 온 느낌과 비슷하다. 처음에는 낯선 풍경, 익숙
지 않은 길, 하나하나 알아가는 재미가 있지만, 두어 달
뒤에는 언제 그랬냐는 듯 일상이 되어 무신경해진다.

어쩌면 여행의 가장 큰 매력은 한곳에 오랫동안 머물
지 않는 것이 아닐까. 애초에 상영 시간이 정해진 한 편의
영화처럼, 장르를 골라 최대한 정해진 시간에 맞춰 짜임
새 있게 만들어진 장면들의 나열. 물론 여기에 적절한 낭
만과 여운을 더하는 일도 빼먹지 않는다.

익숙해질 때

그러고 나면 세월이 흘러 빛바랜 사진 한 장을 꺼낸다. 이국적 풍경 속에 영화의 주인공처럼 서 있는 내 모습이 보인다. 새록새록 아련했던 기억이 되살아나면서 나도 모르게 흐뭇한 미소를 짓는다.

대개 우리는 지긋지긋한 현실의 도피처를 찾아 나서거나, 모두 떠나니 왠지 나도 떠나야만 할 것 같아 여행을 간다. 하물며 단편적으로 보고 싶은 것만 보고, 좋았던 것만 기억한다.

헤밍웨이는 세상 어디를 가든 자신으로부터 벗어날 수 없다고 했다. 여행을 마치고 다시 현실로 돌아왔을 때 허무함은 배가 되는 것처럼.

타지에서의 생활이 길었던 탓에 고향 친구들이 나를 찾아 놀러 오는 경우가 많았다. 그때마다 빠지지 않고 듣는 말이 하나 있다.

"너는 여기에서 살아서 좋겠다."

하지만 정작 나는, 내가 있는 곳이 어디든 별반 차이가 없었다. 사람이 제각기 성격이 다르듯, 지역마다 특색과 고유한 매력이 있다. 다만 긴 시간 동안 살았던 곳과의 이별은 늘 아쉬웠다. 무엇보다 함께 지내온 사람들과 기약 없는 만남을 약속하고 떠나야 하는 일이 힘들었다. 영화에 나오는 공항에서의 헤어짐처럼 낭만적이지 못하다. 어떤 때에는 뒤돌아보면 너무 슬플 것 같아서 인사를 뒤로한 채 무거운 발걸음을 옮긴 적도 있었다.

어찌 보면 우리의 삶 자체가 긴 여행이다. 언젠가는 세상을 떠나야 한다. 그렇기에 지금 머무르고 있는 이곳이 하나의 여행지일 수도 있다.

방방곡곡 세상을 탐방하기 전에
자신이 사는 곳의 가치를 조금이라도 더 알아가는 일이 먼저가 아닐까.

익숙해질 때

이해할 수 없음을
인정하는 일

)

    기나긴 세월을 함께해 정이 깊은 사람과는 눈빛만 봐도 마음을 헤아릴 수 있다고 흔히들 말한다. 하지만 사랑하는 사이든, 친구 사이든, 반려동물과의 사이든, 그건 지난날을 토대로 어림짐작하는 것에 불과하다. 다만 성격, 가치관, 취향이 서로에게 스며들어 닮아간다고 느낄 수는 있다.

    겪고 나서야 비로소 깨달았다. 막상 소중한 이가 힘들 때 해줄 수 있는 일은 고작 곁을 지키며 위로의 말 몇 마디 건네주는 일뿐이라는 것을. 잘 알기에 도와줄 수 있을 거라 자신했는데, 정작 나 혼자 착각 속에 빠져 살았던 것이다.

이해하고 싶은데 이해할 수 없음에 때때로 가슴이 미어진다. 거꾸로 내가 이해받고 싶은 순간에도 매한가지다. 상황은 좀처럼 내 생각대로 흘러가지 않는다.

언젠가 나를 전부 이해한다고 말하며 조심스럽게 다가와 내 어깨를 토닥여주는 이가 있었다. 걱정해주는 마음은 고마웠지만, 나에게 '전부 이해한다'는 말은 외려 반감이 들었다. 차마 형용할 수 없을 정도로 괴로워하며 무너져가는 마음을 도대체 어떻게 이해한다는 걸까. 어쩌면 스페인의 철학자 그라시안의 말처럼 최고의 이해는 이해할 수 없음을 인정하는 일이 아닐까 싶다.

나에게
선물하는 하루

just my holiday

)

　　　　　　　　호두까기 인형처럼 나의 등 뒤에는 태
엽이 달려 있다. 빠드득빠드득 거꾸로 감아 톱니바퀴가
돌아가야 비로소 움직일 수 있다. 한데 그리 오래가지는
못한다. 서서히 기운이 약해지다 결국 멈추고 만다. 어떤
일이든 쉬지 않고 연이어서 하다가는 그만큼 집중력이 떨
어지기 마련이니, 간간이 다시 감아줘야 한다. 바로 재충
전의 시간인 휴식이 필요한 것이다.

　　나는 온종일 사람들과 어울리는 것보다, 주로 혼자서
보내는 시간을 통해 활력을 얻는다. 예컨대 동이 트기 전
스산한 새벽, 홀로 집을 나선다. 그리고 텅 빈 거리를 지
나 극장에 간다. 조조 영화의 매력은 뭐니 뭐니 해도, 평

소보다 사람이 없어 더 깊이 몰입할 수 있다는 점이다. 그러다 엔딩크레디트가 올라가면, 유유히 극장을 빠져나와 한적한 브런치 카페로 향한다. 여기에 읽을거리가 더해지면 금상첨화다.

어떤 작품을 보는 일은 삶을 살아갈 수 있는 기운을 북돋아주거나 마음에 잠시 여운을 준다. 또한, 시공을 초월하여 창작자와 대화를 하는 느낌이 나쁘지 않다. 내게 휴식이자 힐링은 그런 시간이다.

얼마 전, 아이를 키우는 선배도 혼자만의 시간이 필요하니 가족들에게 날을 정해 하루 정도는 찾지 말아달라며 선언했다. 전적으로 그 의견에 동의한다. 제아무리 곁에 있는 소중한 사람일지라도, 자신의 마음이 불안정하다면 원활한 관계를 유지하기 힘들다. 나를 잊어버리고서는 아무것도 챙길 수가 없다.

나도 상황이 여의치 않더라도 한 달에 한 번은 꼭 온전히 나를 위한 휴일을 보내려 한다. 노상 사람에 부닥치는 날들이기에 이런 시간이 너무나 안온하다.

익숙해질 때

어쩌면 그 하루가 일주일을 살아가게 하는 원동력이 될지도 모르니까.

우리의 관계도
하나의 음악이었다

)

      한때 사랑과 우정이라는 감정에 환상을 가진 적이 있었다. 지금 내 곁에 있는 이와 함께 삶의 의미를 찾는 일이 왠지 멋져 보였다. 바야흐로 치기 어린 나이라 더 그랬다. 매 순간 온 마음을 다해 나름대로 최선을 다했다.

    우리의 관계는 하나의 음악이었다. 오선지 위에 그려진 악보에 아름다운 선율이 끊임없이 흐를 수 있도록 그에 맞는 음표를 찾아다녔다. 미숙하고 서툴렀던 탓에 생각처럼 쉽지 않았다. 그러다 언젠가부터 차츰 불협화음이 생기기 시작했고, 나는 다급한 마음에 여러 음표를 다 갖다 붙여버렸다. 그러자 일순간에 모든 음표가 서로 부딪히고

깨져, 우리 사이에는 그 어떤 음악도 흐르지 않고 정적만
감돌았다.

　인정할 수가 없었다. 이대로 포기하고 싶지 않았다. 되
돌리고 싶은 간절한 마음에 쉼표를 찍었다. 그럼 언제든
다시 음악이 흘러나올 것 같았다. 내가 남겨둔 일말의 여
지가 마지막 희망 같았다. 그런데 지나고 나니 여백만 고
스란히 남겨진 채로 결국 그게 마침표가 되어버렸다. 모
든 것이 억지였다. 이미 끝난 음악을 붙들고 있던 마음이
속절없이 무너져 내렸다. 도돌이표를 아무리 그려본들 처
음부터 곡을 다시 쓸 수는 없었다. 그저 똑같은 선율만 들
려올 뿐이었다.

　그때부터 누군가와 함께 음악을 만들어나가는 일은 엄
두가 안 났다. 실패를 반복하고 싶지 않았기에, 사람을 만
나는 일마저 두려워졌다. 얼이 빠진 인형처럼 수개월을
지내고 나서야 겨우 내가 만든 환상에서 깨어나 현실로
돌아왔다.

　하지만 후회는 없다.

온전치는 못하지만, 그런 추억 하나쯤은 나쁘지 않은 것 같아서, 누군가에게 가장 순수하게 마음을 줄 수 있었던 때가 있어서, 비록 내가 만들었던 음악은 아름답게 끝을 내지 못하고 막을 내렸지만, 그 나름대로 가치가 있으니까.

이제는 안다.

억지로 곡을 만들려 할수록 불협화음이 생긴다는 것을, 모든 관계는 깊었던 만큼 상처받을 수 있다는 것을.

당신과 나는 하나의 음악이다. 경쾌한 왈츠가 흘러나오기도 하고, 운명 교향곡처럼 거친 음악이 흐르기도 한다. 오르락내리락 반복되는 멜로디 중에서 어떤 곡이 가장 가치 있을지는 당장 알기 힘들다. 다만 우리는 살아 있는 동안 그저 계속 새로운 음악을 만들어갈 뿐이다.

익숙해질 때

마음의
문

)

　　좋은 사람인 줄 알았으나 좋은 사람이
아니었다. 상처받고 싶지 않았으나 상처를 입곤 했다. 나
역시도 마찬가지다. 모두에게 좋은 사람이 되고 싶었으나
늘 좋은 사람이 될 수는 없었다. 상처를 주고 싶지 않았으
나 무심결에 상처를 입히곤 했다.

　　두려웠다. 이전에 받았던 상흔이 아직 남아 아물지도
않았는데 내 마음의 문틈 사이로 모질고 세찬 바람이 또
불어올까 봐. 이 불안에서 벗어나기 위한 방어기제로 감
당할 수 있는 크기만큼만 문을 열어보기로 했다. 한데 서
서히 닫히더니, 이제는 닫힐 듯 말 듯한 좁은 경계에서 흔
들리기만 한다.

그런데 참 이상하다. 말은 안 통해도 눈빛으로 내 마음을 알아주는 우리 집 강아지에게는 문이 활짝 열리니.

아, 무엇이 나를 이렇게 만들었을까. 무엇이 우리를 이렇게 만들었을까. 저기 위에 떠 있는 밤하늘의 별들에게 아우성이라도 질러본다. 그런들 돌아오는 것은 메아리뿐이라는 걸 알면서도.

익숙해질 때

소확행
小確幸

)

살다 보니 인생 뭐 별거 없더라.

고된 일과를 마치고
시원한 생맥주 한잔
달콤한 초콜릿 한 입

가끔은 그거면 되더라.

누군가를
위한 삶

)

    간만에 J와 카페에서 만났다. 요사이 어플로 하는 방송에 빠졌는지 커피를 마시면서도 손에서 스마트폰을 놓지 못했다. 작은 화면 안에서 나지막이 독백하듯 혼잣말로 이야기하는 방송이 나에게는 생소하게만 느껴졌다. 그래도 실연의 상처로 안색이 어두웠던 J가 조금은 생기를 되찾은 것만 같아 다행이었다.

    J는 지난 연인에게 물리적, 정신적으로 그가 가진 모든 것을 쏟아부었기에 상대적으로 주변 친구들에게는 소홀할 수밖에 없었다. 자연스레 관계는 소원해졌고, 이제 나 말고는 연락이 닿는 사람이 몇 안 된다고 했다. 제각기 먹고살기 바빠서 그런 것도 있겠지만 공연스레 가슴이 쩡했다.

그는 적적한 마음을 달래보려 이것저것 해보다가 방송 어플을 알게 되었다고 했다. 호기심에 카메라를 켜고 자신의 일상을 비추기 시작하자 말도 안 통하는 외국인들이 그의 방송을 시청하기 시작했다. 그에게 주어지는 작은 관심들이 무미건조한 하루를 조금은 특별하게 만들어준 것 같았다.

불과 몇 달 전 만해도 여자 친구와 하루빨리 결혼을 하고 싶어했던 그였다. 퇴근 후에 식구들과 따뜻한 저녁 한 끼가 먹고 싶다고 했다. 쾌청한 휴일에 나들이를 가고 싶다고 했다. 그의 인생에서 최우선은, 단연 그 여자였다. 그리고 이별의 이유가 무엇이었든, 그의 꿈이 산산조각 난 후에야 비로소 자신을 위한 삶을 살고 싶다고 말했다.

누군가를 위한 삶도 나름대로 의미가 있겠지만, 결국 자신을 잃어서는 안 된다는 사실을 그제야 깨달은 것이다.

썼던 글을
지우는 일

)

　그 짧은 하루에도, 감정적인 나는 기분
이 오르락내리락 한다. 생기가 넘치는 일상을 보내다가도,
늦은 밤에는 곧잘 찾아오는 고독감을 피할 수가 없다. 분
명 따사로운 햇살이 대지를 비추는 한낮에는 이성이 깨어
있었는데, 해가 지기만 하면 감성이 찾아온다. 묘연했던
달이 어둠이 몰려와야 밤하늘에 자태를 뽐내는 것처럼.

　그런 나의 감정변화가 글에도 확연히 드러난다. 아무래
도 집중력이 최고조에 달하는 잠들기 전이나, 막 일어난
새벽에 떠오른 생각을 정리하다 보니 더 그런지도 모르겠
다. 고독에 듬뿍 취해 적었던 글이 아침이 되면 부끄럽기
도 하고, 다소 희망적인 색을 띠던 글이 밤이 되면 우울해

지기도 한다.

몇 번을 지웠다 다시 적었는지는 헤아릴 수가 없다.
한데 꼭 나쁘다고만 생각지는 않는다.

그건 나의 치열한 고민의 흔적들을 남기는 일이니까.

귀가
먹먹해

)

　　어딜 가든 홀연히 고성이 오가는 광경
을 접할 수 있다. 누가 더 음역이 높나 경연이라도 하는
건지, 내지르는 소리에 귀가 먹먹해진다. 만취한 상태로
비틀비틀 난동을 부리는 사람, 접촉사고로 인해 상대의
과실이 더 크다며 우기는 사람하며, 일촉즉발의 상황이
끊이지 않는다.

　　옳지 않은 일에 목소리를 내야 할 터인데, 정작 이상한
곳에서 들려오니 참 아이러니하다. 군대나 직장 내에서는
아직도 내리갈굼 같은 악습이 존재한다. 윗사람에게는 자
신의 견해를 피력하지 않고 굽실굽실하지만, 아랫사람에
게는 되레 큰소리를 치는 경우가 태반이다. 대개 리더가

자신의 주장을 관철하려 큰소리로 반복해서 말하는 것은 구성원 여럿이서 말하는 것과 비슷한 효과가 있다. 옳고 그름을 떠나 듣는 이는 몹시 위축될 수밖에 없다. 그때 자신의 의견을 좀 더 강하게 항의하고 싶어도, 후에 불이익이 올까 봐 대다수의 사람은 엄두도 못 낸다.

그뿐만 아니라 우리의 일상에서도 분노를 쉬이 마주할수 있다. 어릴 적부터 자신감을 가지고 목소리를 크게 내라는 가르침을 항시 받아왔던 탓일까. 나직한 톤으로 말할 때는 씨알도 안 먹히다가 화를 내면 그제야 알아주는 경우가 많아서, 문제의 해결을 위해서는 강하게 표현해야 효과적이라 학습하게 된다. 그 결과 해마다 분노조절 장애 환자의 수는 늘어만 가고, 우리의 목소리는 좀체 수그러들지 않는다.

나는 무작정 언성만 높이는 사람을 좋아하지 않는다. 상황이 불리하다 싶으면 목의 핏대를 세워 버럭 고함을 지르며 상대를 뭉개려 하니까. 그는 자신이 이겼다고 착각할지도 모르지만, 사실 나는 별로 엮이고 싶지 않아 피하게 되는 경우가 많다. 똥이 무서워 피하나 더러워 피하

첫 번째 / 시시때때로 변하는
우리의 온도

035

지. 가뜩이나 그런 소리로 인해 귀도 먹먹한 상태인데.

다짜고짜 공격적으로 달려드는 행동은 짐승과 다를 바 없다. 우리는 인간이기에 냉정하고 이성적으로 화를 다스릴 줄 알아야 한다. 화를 담을 수 있는 울화통이 풍선이라면, 펑 하고 터지기 전에 안에 담긴 울분을 조금씩 빼줘야 할 시간이 필요하다. 우선 감정이 격해지기 전에 심호흡을 가다듬고 다시 한번 생각해보자. 정말 이 자리에서 화를 꼭 내야 할 것인지. 서양의 중용 성인이라 불리는 아리스토텔레스도 적시적기에 올바르게 화를 내는 일은 어렵다고 말했다.

정작 목소리를 내야 할 곳은 따로 있다.
불의를 보았을 때다.
보고도 그대로 지나친다면
그건 정말 겁쟁이가 되어버린다.

　　　　　　　　　　　　　　　익숙해질 때

아름다우면서도
공허한

)

죽지 못해 사는 이들이 많다

해야만 하니 기계처럼 일한다
끼니를 챙겨 먹는 일도 힘들다
관계에 힘쓸 여력도 없다

그저 시간에 몸을 맡긴 채로 살아간다
지친 몸은 회복될 기미가 없다

막상 삶의 끝자락에서는 후회할 것이 뻔하지만
그저 지금이 너무 힘드니 버텨야 할 뿐이다

아름다우면서도 공허한 삶,

그 끝에 남는 것은 무엇일까.

익숙해질 때

두 개의 공간,
제각기 다른 삶

나의 분신이라 일컬어도 과언이 아닌 스마트폰, 온종일 한시라도 옆에서 떼어낼 수 없다. 언젠가 한번 실수로 잃어버린 적이 있었는데 며칠 동안 불안한 마음에 좀체 잠을 이룰 수 없었다. 한손에 잡히는 그 작은 기계 안에는 내 수많은 일상과 개인정보가 담겨 있기 때문이었다.

우리의 삶에서 온라인 공간이 차지하는 비중은 갈수록 높아만 가고, 현실이라 불리는 오프라인 공간은 나날이 고단해진다. 나를 챙기기도 버거운 탓에 지인들을 만나는 일조차 힘들다. 기껏해야 카톡으로 안부를 주고받는 일이 고작이다.

이럴 땐 따로 연락하지 않아도 손쉽게 지인의 근황을 접할 수 있는 SNS가 참 좋다. 전달에는 해외여행을 갔구나, 어제는 누구와 거기서 밥을 먹었네, 오늘은 머리 스타일을 바꿨구나, 우리는 익숙하게 마음을 나누고 댓글을 주고받으며 소통한다.

근래에 들어 타임라인에 올라오는 사진들 속 지인들은 마냥 행복해 보이기만 한다. 가끔은 말할 수 없는 괴리감에 잠시 넋을 잃기도 하고, 어떤 친구는 구태여 자괴감에 빠져 기분 상하고 싶지 않다며 SNS를 일절 하지 않겠다고 말하기도 했다.

우리의 모임 장소는 갈수록 근사해지고 화려해진다. 그만큼 만남이 특별하다는 뜻일까. 아니면 이왕 만나는 김에 더 그럴싸한 사진을 찍고 싶은 것일까. 엊그제 분명 선술집에서 코스 요리와 청주를 먹었을 때는 아슴푸레한 조명 아래 음식과 서로의 얼굴을 우아하게 찍었는데, 해장하러 들린 허름한 분식점에서는 누구 하나 핸드폰 카메라를 켜는 이가 없었다. 으레 거기에 나도 포함이다.

심지어 온라인에서는 행복해 보이기만 했던 친구가 실생활은 사뭇 다르다 하소연하기도 한다. 허탈한 목소리로 그저 고달픈 삶이지만, 남들처럼 살고 싶어 억지 웃음을 지어 보이는 것뿐, 한편으로는 공허하기 짝이 없다고 했다.

어쩌면 우리는 두 개의 공간에서 제각기 다른 삶을 살아가고 있는지도 모른다. 성에 안 차는 현실을 고스란히 온라인 공간에 투영할 수 없으니, 타인에게 비치고 싶은 모습으로 번지르르 포장한다. 물론, 그런 일련의 과정이 저마다 가치가 있을 터이니 깎아내리고 싶지는 않다.

나도 이전에 싸이월드에 한창 빠져 살았다. 분위기 있는 배경과 음악을 찾고, 사진을 편집하는 일에 많은 시간을 할애했다. 하지만 지금은 추억을 곱씹을 수 있는 앨범에 지나지 않는다.

전 맨체스터 축구 감독 퍼거슨은 SNS가 인생의 낭비라며 일침을 가했다. 조금은 수긍이 간다. 하다못해 요즘 일본에서는 자신의 친구가 많은 것처럼 보이려고 일부러 돈을 주고 그런 사진을 찍는다고 한다. 살아가는 일상을 공유하는 것이 아니라, SNS에서 돋보이기 위해 일상을 만들다니, 완전히 순서가 뒤바뀌었다. 단지 타인에게 보이기 위한 삶은 애처롭기 그지없다.

온라인 공간에서 또 다른 내가 되는 것은 좋지만,
그게 삶의 전부가 되어서는 안 된다.
또 다른 불행이 시작되는 일일 수 있기 때문이다.

파랑

새

)

하나 둘 셋

술래가 되어 파랑새를 찾는다

티 없이 드맑은 동자 뒤에 있니

우뚝 솟은 강남 빌딩 위에 있니

창공에 걸려 있는 태양 위에 있니

휘황찬란하게 아리따운 그녀에게 숨어 있니

마테를링크° 에 물어보니

주변에 있다고 했는데

너를 찾아 헤맨 지도 어언 30년이 넘었구나

° 모리스 마테를링크, 벨기에 시인이자 아동극 〈파랑새〉 저자.

태초부터 없었다면 알려주지 그랬니

익숙해질 때

혼자의
한계

)

고달픈 삶을 살아가다 보면, 누구의 간섭도 도움도 없이 떡하니 혼자 있고 싶을 때가 있다. 처음에는 자신만의 시간을 보낼 수 있어 기쁘지만, 그 기간이 길어질수록 견딜 수 없는 고독감이 밀려와 끝내 대화상대를 찾게 된다.

영화 '캐스트 어웨이' 주인공 톰 행크스는 비행기 추락 사고에서 극적으로 살아남아 4년간 무인도에서 지낸다. 그는 외로움을 달래기 위해 배구공을 사람 모양처럼 만들어 감정을 이입해 대화를 나눈다. 움직일 수도, 말을 할 수도 없는데 정이라도 들었던 걸까. 공이 바다에 떠내려가자 필사적으로 공을 구하려고 달려든다. 하지만 거센 물살로 인해 공은 저 멀리 시야에서 사라지고 말았다. 구하지 못한 자책감과 밀려오는 슬픔에 급기야 그는 펑펑 울어버린다.

사회와 단절된 무인도에서의 삶이 얼마나 고독할지 감히 상상조차 가지 않는다. 세찬 비바람이 불어오는 날에는 따뜻하고 포근한 보금자리가 얼마나 그리울까. 먹을거리가 없어 허기가 질 때에는 늘 먹던 평범한 밥상이 얼마나 그리울까. 심지어 몸이라도 아프면 혼자서 얼마나 서러울까. 우리는 무수한 세월 동안 사람들이 만들어놓은 사회라는 공동체가 있기에 타인과의 관계를 통해 성장하고 살아갈 수 있다.

아리스토텔레스는 '인간은 사회적 동물이다.'라는 유명한 말을 남겼다. 우리는 태어나자마자 국가라는 범주 안에서 사회적 일원으로 살아가기 위한 규범이나 지식을 교육받아 습득한다.

그리하여 나는 많은 경험을 해보고 아는 것이 짧은 인생을 옹골차게 보내는 방법이라 믿었다. 모르면 되도록 답을 찾으려 했고, 다방면으로 지식을 쌓는 일에 힘썼다.

하지만 습자지 정도의 지식으로 넓게 아는 수준은 그리 효율적이지는 못했다. 그러다 보니 혼자서 되지도 않는 일을 붙잡고 끙끙대는 일이 많았다.

사실 인생에서 많은 일을 하기에는 시간이 턱없이 부족하다. 모르는 것이 있으면 그 분야에서 박식한 이에게 자문하면 된다. 일일이 찾아보는 편이 더 소모적이다.

사회는 공동의 목표를 가진 수많은 사람이 모인 조직의 집합체다. 제각기 맡은 역할도 다양할 터, 그 속에서 내가 가진 능력을 극대화하여 사회에 이바지하면 된다.

너무 혼자서 하려 애쓰지 말자.
사람이라면 서로를 채워가며 이끌어주어야 한다.

무언가를
잊는 방법

)

생각할 틈이 생기지 않게
정신없이 바쁘게 살아

그러다 불현듯 꾹 눌러 담았던 감정이
일렁이다가 터지기라도 하는 날에는
받아들이는 수밖에 없어

깊은 슬픔의 바다에
흠뻑 빠져 허우적거리다 보면
지쳐서 아무 생각도 안 들더라

그럼 또 일상으로 돌아가서

정신없이 바쁘게 살아

이런 일련의 과정이 반복되다 보면
언젠가 서서히 희미해지겠지

결국 시간이 약이더라

징크스

)

　　바이오리듬처럼 내 삶에도 일정한 주기율이 있다. 등산登山할 때에는 완만한데, 하산下山할 때에는 유달리 가파르다. 시련이라는 녀석이 나타나기라도 하면, 이때다 싶어 여러 악재가 꼬리에 꼬리를 물어 동시다발적으로 몰려온다.

　　그러다 문득 이 또한 순리일지도 모른다는 생각이 들었다. 오르막이 있으면 당연히 내리막도 있는 법이다. 운동선수가 전성기에 좋은 성적을 거두다가 나이의 한계에 부닥쳐 은퇴하는 것처럼, 누구라도 매 순간이 최고일 수만은 없다. 아무리 많은 것을 이루어낸들 홀연히 내려놓아야 하는 순간이 분명 온다. 욕망에 사로잡힌 삶은 나를 더욱 지치고 병들게 할 뿐이다.

앞으로 살아가는 동안 얼마나 많은 산을 올라야 하는지는 모른다. 다만 언젠가는 나도 하산을 해야만 한다. 에베레스트 산처럼 높은 곳을 오른 이는 내려오는 과정에서도 오랫동안 기억될지 모른다. 낮은 산을 오른 이는 금세 잊힐지도 모른다. 하지만 크게 개의치 않으려 한다. 내가 오르는 산이 동네 뒷산인들 그게 무슨 문제겠는가.

지금까지 포기하지 않고 살아온 나,

그 과정에서 내 두 눈으로 본 수많은 것들,

또 누군가와 함께 걸었던 그 순간,

그것이 중요하다.

자긍자시
自 矜 自 恃

)

설령 세상 모두가

차가운 바닷속으로 당신을 밀어내도

절대 자신을 버려선 안 된다

인생에서 가장 긴 시간 동안

나를 믿어주는 사람은

다름 아닌 자기 자신이다

죽고 못 살던 사이도

혈연으로 맺어진 친척이나 가족도

어떠한 계기로 인해

한순간에 남남으로 돌아서기도 하니까

익숙해질 때

나날이 무정해져만 가는 세상에서

자신마저 믿을 수 없다면

그것이야말로 가장 슬픈 일이 아닌가

본성에 관한
질문

)

　　　　삼세지습지우팔십三歲之習至于八十, 인지능
력이 생기는 세 살 때 생긴 버릇이 여든까지 간다는 고사
성어다. 선조들의 수많은 경험에서 비롯하여 대대로 널리
전해져온다.

　게으른 이는 늘 느릿느릿하여 매사에 미온적인 반면에
부지런한 이는 늘 빠릿빠릿하여 매사에 최선을 다하는 것
을 보면 공감이 갈 수밖에 없다. 우리는 세월이 흘러 모습
이 바뀌어도, 본디 지닌 성격이나 성품은 큰 틀에서 벗어
나지 않는다. 그걸 고치려 서로를 위해 잘못된 점을 지적
해본들 무의미하다. 도리어 지치고, 피차 감정만 상할 뿐
이다.

항상 약속 시각에 늦는 이에게 시간의 중요성을 알려주어도, 생각 없이 돈을 펑펑 쓰는 이에게 절약의 중요성을 알려주어도, 결국 똑같은 일이 반복된다. 물론 나도 쉽게 고쳐지지 않는 습관들이 꼬리표처럼 따라다니니 매한가지다. 그게 어떤 모습이든 서로를 받아들이는 쪽이 편하다.

세상에는 비슷한 성향을 지닌 사람은 있을지 모르나, 자신과 똑같은 사람은 없다. 고로 관계를 유지하기 위해서는 그 간격의 차를 좁히거나 맞추어가는 거라 믿었다. 한데 잘못된 생각이었다. 맞물리지 않는 퍼즐 두 조각을 억지로 붙여본들 모양은 쉬이 틀어져버렸다.

그 정도가 심하면 애초에 시도할 엄두조차 들지 않는다. 살면서 제아무리 노력해도 맞지 않은 사람을 만나본 적이 있을 것이다. 계속 볼 사이가 아니라면 구태여 만남을 지속할 필요는 없다.

타고난 천성은 쉽게 변하지 않는다.
그만큼 인지하여 끊임없이 노력을 하든가

그냥 받아들이는 수밖에 없다.

스스로를
갉아먹는 욕망

)

주저리주저리 자랑거리를 늘어놓는 이
가 있다. 하물며 없는 말까지 보태어 부풀린다. 피라미가
월척이 되고, 동네 뒷산이 한라산이 되는 건 일순간이다.
과시하고 싶은 욕망으로 가득 찬, 알맹이가 쏙 빠진 허울
뿐인 그의 빈껍데기를 알아보지 못하고 처음에는 치켜세
워주었다. 역시나 그 사람의 깊이를 알기 위해서는 오래
만나보아야 한다는 말이 틀린 말이 아니었다.

최근 그를 다시 만났는데도 크게 달라지지 않았음을
느꼈다. 막상 듣는 우리는 그다지 기분이 유쾌하지 않은
데, 뭐가 그리 즐거운지 혼자 노상 벙글거리며 이야기했
다. 그렇다고 여태 주위에서 진심 어린 조언을 안 해본 것

도 아니다. 그때마다 귀담아들으려 하지 않고 불쾌해하니 어쩔 방도가 없었다. 서로 소통이 잘 이루어져야 만남의 의미가 있지, 일방적으로 상대의 이야기를 듣기만 하니 관객이 된 것 같았다. 극장에서 영화를 보다가도 지루하면 나가버리는 것처럼, 분명 엔딩 크레딧이 올라오기도 전에 주변 사람은 떠나고 없을 터였다. 자신이 먼저 문제의 심각성을 인지해야만 한다. 홀로 외로이 남게 되는 일은 시간 문제니까.

사실 우리는 매번 타인의 자랑거릴 들어줄 만큼 관대하지 못하다. 지나친 열등감을 감추고 싶은 탓인지, 아니면 정반대의 우월의식인지 알 수 없으나, 현시욕顯示欲이 지나쳐서는 안 된다. 진정 자신이 인정받길 원한다면 타인을 존중하고 언제나 겸손해야 한다. 그것이 서로가 묵묵히 상생하는 길이다.

소크라테스는 상대와 대화를 할 때 자신이 무지하다는 전제하에 문답법을 썼다. 특히 아는 척을 하거나 지식을 과시하는 상대에게는 무지몽매함을 일깨워주어 자각하도록 했다. 이를 오늘날 '소크라테스의 아이러니'라고 말하

익숙해질 때

는데, 그의 제자들에게 진리탐구를 위한 가르침을 줄 때도 마찬가지였다.

　서양의 성인조차도 겸손이라는 덕목을 잃지 않았다. 벼는 익을수록 고개를 숙인다는 말처럼, 인생에서 많은 걸 이루어도 끝없이 부족하고, 또 잃을 수도 있기 마련이니, 우리도 겸허한 마음가짐을 지닐 필요가 있다.

억지로
웃었다

)

억지로 웃었다.
나를 재밌는 사람이라 했다.

그래서 더 웃었다.
나를 헤픈 사람이라 했다.

그럼에도 불구하고 웃었다.
나를 실없는 사람이라 했다.

하루는 힘이 들어 웃지 않았다.
무슨 일이 있냐며 어리둥절했다.
하는 수 없이 웃었다.

익숙해질 때

내면에 있는 우울과 결핍이 행여 드러날까 봐 웃음 속에 철저히 감추었다. 어쩜 침울함에 빠져 나날이 무력해져만 가는 자신에게 발악하고 있던 건지도 모르겠다. 그렇게라도 버티다 보면 언젠가는 행복해질 수 있다고 믿었으니까. 간혹 몇몇 친구들은 내가 근심 걱정이 없어 보인다며 부럽다고 말했다. 그 순간 어떤 대답을 해야 할지 몰라 웃어넘겼다.

　감정은 숨긴다고 해서 감출 수 있는 것이 아니라, 후에 어떠한 형태로든 나중에 발현된다고 프로이트는 말했다. 어느 때부터 내 웃음이 진정성 없는 공허한 웃음이라는 걸 주변 사람들도 알아차리기 시작했다. 사람이 항상 밝을 수만은 없는 것처럼, 웃음은 단지 일시적인 방편에 지나지 않았다.

　이제는 무연히 지쳐버렸다. 아무리 원해도 왔다가 금세 사라져버리는 행복, 억지로 찾지 않는 쪽이 도리어 마음이 편안하다. 감정을 숨긴 채로 웃음을 지어본들 배로 밀려오는 공허함, 고스란히 표출하고 사는 쪽이 도리어 마음이 편안하다. 누군가 나에게 행복이 뭐냐고 묻는다면,

너무 애쓰지 않는 일이라 말하고 싶다.

살아보니 나뿐만이 아니었다. 유난히 밝은 사람은 이
상하게도 마음속에 깊다란 슬픔을 품고 있는 경우가 많았
다. 마냥 행복하게만 보였는데, 알고 보니 사연으로 가득
했다. 문득 영국의 희극 배우 찰리 채플린의 '인생은 멀리
서 보면 희극이고, 가까이서 보면 비극'이라는 말이 너무
와닿았다.

사람은 겉모습이 전부가 아니다. 과일을 쪼개었을 때
속이 각양각색인 것처럼 우리의 마음도 마찬가지일 수밖
에 없다. 그래도 감정을 숨긴 채 하루하루를 버티는 누군
가에게 꼭 전해주고 싶은 말이 있다.

너무 애쓰지 않아도 되니,
조금은 기분 내키는 대로 살아도 된다고.

우리

)

한때 '우리'라는 단어를 정말 좋아했다.

나보다 우리가 더 소중했다.

우리는 영원할 것만 같았다.

한데 그건 몽상이었다.

우리는 이제 없다.

그때였으니 우리였던 거다.

울트라
갑질

)

　　요즘 드라마는 주인공이 미천하다는 터무니없는 명목으로 가진 자에게 괴롭힘을 당하는 이야기로 가득하다. 우리는 남 일 같지가 않아 주인공에게 더 깊게 감정을 이입하고 몰입하게 된다. 뉴스에서도 하루가 멀다 하고 연일 비슷한 소식들이 보도된다. 그만큼 우리 사회에 갑질이 만연하여 많은 이들이 고통에 시달리고 있는 것이다.

　　분명 직업에는 귀천이 없다고 했는데, 왜 어떤 이들은 늘 인격 모독과 폭언에 시달려야 하는 걸까. 가진 것이 없고, 사회에서 지위가 낮다고 해서 인간의 존엄성마저 짓밟혀도 되는 것일까. 막상 당하고도 소리칠 곳 하나 없어

속으로 분을 삭이는 모습이 너무 구슬프다. 나는 누구에게 갑이 되고 싶지도 않고, 을이 되고 싶지도 않다. 상대와 나 사이에 우열을 매기는 이분법적인 사고부터 없어졌으면 좋겠다.

갑질의 역사는 인간의 문명이 시작되고부터 이어져 왔기에 그 뿌리가 생각보다 깊지만, 많은 것들이 개선되어 왔다. 애초에는 계란으로 바위 치기라 치부했던 일들이 수많은 목소리가 힘을 내어 그 바위를 깨부수었기에 오늘날에 이르렀다. 암만 약육강식弱肉強食의 사회라 한들 억강부약抑強扶弱의 자세를 잃지 않아야 한다. 강자에게는 한없이 강할 수 있어야 하고, 약자는 보듬어 도와주어야 한다.

그러면 언젠가 힘이 있는 자들의 갑질도 점점 줄어들지 않을까.
도리어 그 대가를 갑절로 치르는 날이 올지도 모른다.

무녀지는
순간

)

　　야심한 밤, 뻥 뚫린 고속도로를 달리다
갑자기 미친 듯이 졸음이 쏟아졌다. 휴게소까지 남은 시
간은 어림잡아 십 분, 음악의 볼륨을 높이고 차창을 열어
바깥 공기를 마셨다. 그럼에도 불구하고 잠이 달아나지
않았다. 하는 수 없이 허벅지를 꼬집어가며 큰소리로 노
래를 따라 불렀다. 어째 살기 위한 몸부림이 처절하게만
느껴졌다.

　　휴게소에 도착하자 살았다는 안도감에 불안감이 까마
득히 사라져버렸다. 그래도 항상 버티고 버티다 보면 모
든 것에도 끝이 있었다. 자의든 타의든 내 삶은 견디는 일
의 연속이었다. 그날따라 유난히 반짝이는 별빛이 나를

　　　　　　　　　　　　　　익숙해질 때

다독여주는 것만 같아 무겁던 육신이 안온해졌다.

휴게소 모퉁이에 있는 작은 뽑기 기계 안에 조그마한 매직큐브가 눈에 띄었다. 어릴 적, 아무리 헝클어놓아도 척척 잘 맞추었던 기억이 새록새록 떠올라 호기심에 천원짜리 몇 장을 넣어 뽑았다. 하지만 그 기쁨은 잠시뿐이었다. 살짝 만지작만지작한 것을 풀려고 하니 이상하게 더 꼬여만 갔다. 연거푸 실패하자 진절머리가 나서 차 구석에 던져놓고 다시 출발했다.

예전에는 작은 퍼즐도 무조건 끝까지 맞추려고 몇 날 며칠을 붙잡았었는데, 이제는 쉬이 포기하는 내 모습이 더 익숙하다. 관계도, 오해도 그런 것 같다. 풀리는 경우보다 더 헝클어지는 경우가 많으니, 아예 시도하지 않은 것보다 못하다. 구태여 나에게 있어 중요한 사람이 아니라면 노력을 기울일 필요가 있나 의심이 들기도 한다. 흐트러질수록 다시 잘 맞춰보려 했던 지난날에 지쳐버렸다고나 할까.

이제는 되레 그냥 될 대로 되라는 식으로 편안하게 살

기로 했다. 억지로 끼워 맞추려 해도 더 흐트러질 수도 있다는 것을 알기에, 그저 자연히 잘 되길 바라본다.

    오늘도 버틴다.
    전보다는 무뎌져버린 나를 이끌고.

익숙해질 때

전하지 못한
진심

)

　　그때 진심을 말했다면
얼마나 많은 것들이 달라졌을까.

　　이따금 혼자 공연한 몽상에 빠지곤 해. 후회가 남는 미
련이란 병은 이런 후유증이 주기적으로 반복되나 봐. 물
론 기억이 흐릿해지는 정도에 따라 그 빈도는 점점 줄어
들겠지.

　　지금이라도 진심을 말해보라는 사람들도 있는데, 그건
불가능해.
　　그때 내가 품었던 진심이 온전하지 않으니까.
　　그게 무엇이었든 간에 시간이 지나면 아무 소용이 없어.

아무럼 어때.

닿지 못한 진심이 안타까워도 그 선택도 나름대로 존
중받아야 하는 걸.
그만큼의 의미가 있었다는 것을 내가 기억하고 있으니,
그걸로 된 거야.

있는
그대로

)

      언제부터인가 과거의 불행을 일일이 늘어놓지 않는다. 어떤 이는 현재의 모습에 지난날을 대입하여 나를 단정 지어버리니까. 이 세상이 자기 의지대로 살아지는 것도 아닌데, 그런 오해를 하는 이들이 안타까울 따름이다. 심지어 그렇게 생긴 편견은 생각보다 견고하여 쉽게 깨지지도 않는다.

      우리는 현재를 산다.
      누군가의 과거에 어떤 불행이 있었던 간에 크게 연연하지 말자.

      무엇보다도 지금 있는 그대로의 모습이 중요하니까.

나만의 길을
걸어가기로 했다

)

       부단한 노력을 차곡차곡 쌓아 계단을 만들어 밟고 올라가야, 저 높은 산성을 넘을 수 있다고 모두가 독려한다. 다만 성벽을 넘을 수 있는 인원은 한정되어 있기에 남들보다 빠르고 똑똑해야 앞서갈 수 있다. 부추기는 경쟁 속 너 나 할 것 없이 우왕좌왕 먼저 올라가려 서로를 밀친다.

       얼마나 열심히 해야 하는 걸까. 자꾸 높아져만 가는 산성이 마치 철옹성을 연상케 한다. 그럼에도 자포자기 심정을 애써 진정시켜 다시 자신을 채찍질한다. 이때 누군가 밑에서 여유롭게 금색 양탄자를 타고 천공으로 쉬이 솟아오른다. 분명 꾸준히 노력해야 오를 수 있다 했건만,

익숙해질 때

알 수 없는 배신감에 휩싸인다. 이내 절망에 사로잡혀 그 속에서 쉽사리 헤어 나오질 못한다.

'99퍼센트의 노력, 1퍼센트의 운'이라는 말도 넌더리가 난다. 차라리 운칠기삼運七技三 쪽을 더 믿겠다. 아니, 이건 처음부터 잘못되었다. 흔히들 말하는 성공은 타인보다 잘 사는 것이니, 확률적으로도 모두가 성공하기가 힘들다. 그 기준을 타인에게 두는 순간부터 삶은 고달파질 수밖에 없다.

나도 내면에 결핍이 많았다. 그래서 성공으로 그 결핍들을 덮고 싶었다. 후에 이 모든 일이 거름이 되었다고 말하고 싶었던 건지도 모른다. 불우한 시절을 극복하고 훌륭한 위인이 되는 빤한 레퍼토리처럼, 어떤 식이든 위안 거리가 절실했다.

남들보다 상대적으로 부족하다는 박탈감이, 타인보다 특별해지고 싶은 열망을 더욱 부추겼다. 그건 성공에 대한 강박감이 만들어낸 일종의 집착이었다. 분명 성공을 조장하는 우리 사회도 책임이 있을 테다.

이제는 그만 홀홀 털고 이 게임에서 나가고 싶다. 누군가는 목적이 없는 삶은 도태될 수밖에 없다고 일침을 가할지도 모르지만 상관없다. 어떻게 보면 언어를 익히고, 사람들과 소통하고, 이 사회에 속해 있다는 것만으로도 사실 우리는 이미 성공했다. 그러니 너무 목맬 필요가 없다.

제각기 삶은 다르기 마련이니

나는 나만의 길을
당신은 당신만의 길을 걸어가면 된다.

너무
걱정하지 마

)

샤워기에서 나온 물줄기가 머리를 타
고 바닥으로 줄줄 흘러내린다. 하루 동안 쌓인 마음속 먼
지도, 온갖 잡념도 함께 보낸다. 그렇다고 전부 다 떠내려
가지는 않는다. 배수구 거름망에 적나라하게 머리카락이
쌓이는 것처럼, 미처 빠져나가지 못한 감정도 있다. 그럴
때마다 억지로 한 오라기씩 주워서 쓰레기통에 버려야 한
다. 안 그럼 나중에 수챗구멍이 막혀 그 어떤 것도 흘려보
낼 수가 없다.

나는 지금껏 수많은 번민에 시달려야 했다. 수심한 마
음은 심도를 가늠할 수 없을 정도로 번번이 일렁였다. 그
중 익숙한 틀을 벗어나 새로운 곳으로 가는 일이 가장 많

왔다. 과연 내가 잘할 수 있을까. 괜찮을까. 실체가 없는 두려움에 고민을 거듭하다 시름에 잠기곤 했다. 하지만 막상 지나고 나자, 왜 그런 걸 고민했나 싶을 정도로 부질 없었다.

매주 목욕탕에 가면 습관처럼 열탕에 먼저 들어간다. 딱 처음 발을 디딜 때가 제일 힘들다. 물의 온도가 불덩이처럼 뜨거워 쉽사리 몸을 담글 수가 없다. 서서히 탕 안으로 들어가야 뜨거움이 상대적으로 가라앉아 뜨뜻하게 느껴진다.

냉탕도 망설여지긴 마찬가지다. 발을 넣자마자 극명한 온도 차에 몸이 으스스 떨린다. 탕에 몸을 담그고 조금 시간이 지나야, 차가움이 얼얼한 느낌으로 변해 다소 편해진다.

이처럼 인간은 적응하는 동물일지도 모른다. 어떠한 환경변화든 적응하는 건 대체로 마음먹기에 달렸다. 아직 부닥치지도 않은 일을 괜스레 지레짐작하여 겁부터 먹을 필요는 없다는 것이다.

우리의 인생은 강에서 바다로 가는 과정이다. 이러나저러나 종착지는 어차피 바다다. 이왕이면 사념을 조금 떨쳐버리고, 강물에 편히 몸을 실은 채로 유하게 흘러가는 편이 낫지 않을까.

우리의
노스텔지어

)

　　같은 추억을 공유한 이들과 함께 아득
한 이야기보따리를 풀어헤친다. 아련했던 기억이 보다 선
명하게 떠올라 모두 화기가 돈다. 아득한 지난날을 되새
기는 시간이 이토록 의미 있을 줄은 당시에는 상상조차
못 했었다.

　　간혹 철 지난 히트곡이 라디오에서 흘러나오기라도 하
면, 우린 마치 약속이라도 한 듯 같이 흥얼거린다. 낡고
유행이 지났다 하여 사라지는 것이 아니다. 그때 그 시절
을 이어주는 매개물로써 계속 잔존하고 있다.

　　고대 로마의 시인 마르티알리스는 인간은 추억을 먹고

살며, 그리웠던 시간을 다시 찾는 일은 인생을 두 번 사는 것과 같다 했다. 얼마 전에 무한도전 토토가에서 90년대에 활동했던 가수들이 다시 모여 공연을 한 적이 있었다. 보고 있자니 뭉클했다. 또래의 친구도 마찬가지였다. 한동안 우리는 그 시절로 돌아간 마냥 이야기꽃을 활짝 피웠다. 문방구에서 좋아하는 연예인의 사진을 모았던 기억, 테이프를 사서 카세트에 넣고 들었던 기억 하며, 당시에는 그저 평범했던 일상이 지금은 빛바랜 기억으로 변해 너무도 소중하게 느껴진다. 어쩌면 그때로 돌아갈 수 없기에, 더 애틋하게 다가오는 걸지도 모르겠다.

오랜 친구를 만나는 일은, 오랜 추억을 다시금 꺼내보는 일과 같다. 내가 살고 있는 지금 이 순간들이 모여 추억이 되고, 그 앨범의 주인은 함께 보낸 우리다. 나이를 먹을수록 인생이 흘러가는 유속은 빨라져 기억은 퇴색되고 희미해진다. 점점 낯설게 변해가는 우리지만, 변하지 않는 것은 하나 있다.

추억은 온전하다.

감기 걸린
마음

)

원래부터 내성적이었던 B는 전보다 말
수가 더 줄었다. 자신의 말로 인해 타인이 상처를 입었다
는 사실을 알아차린 순간부터다. 단지 이야기를 한다는
자체만으로 나름대로 의미가 있어 좋을 줄 알았는데, 정
작 할 말과 해선 안 되는 말의 경계를 지키지 못했다.

이제는 매사 자질구레한 것까지 다 조심스럽다. 엎친
데 덮친 격으로 대인기피증이 찾아와서 낯선 이와 마주하
는 일마저 힘겨워졌다. 가급적 사람들이 북적거리는 번화
가나 공공장소는 현기증이 나서 피한다. 사고 싶은 물건
도 웬만해선 인터넷으로 시킨다. 간혹 둘이서 만나 식당
에 갈 때도 점원을 불러 주문을 하는 일은 내 몫이다.

급기야 모임에서도 어울리기가 쉽지 않다. 여럿이서 대화를 하는 도중에 어떻게 참여해야 할지 몰라 망설인다. 그저 가만히 앉아 듣는 일이 전부니, 그런 자리가 점점 꺼려진다.

또한, 순간순간 필요한 말을 제때 해야 할 텐데, 부끄럽고 두려워 시기를 놓치는 일이 자주 있다. 상대방이 오해하기에 십상이니 의도치 않게 관계가 악화된다. 사실 그보다 힘든 것은 이런 자신을 이해해주는 이가 없고, 도리어 다그친다는 것이다. 입에 담기까지 힘든 심한 모욕을 들은 후에는 사람이 더욱 무서워졌다고 했다.

누구나 감기에 걸리듯 마음의 병을 얻을 수 있다. 마음에 병이 생긴 사람을 차갑게만, 혹은 일방적으로 색안경을 끼고 좋지 않은 시선으로만 본다면, 증세가 나빠져 합병증이 올 테다. 무엇보다 자신의 노력도 중요하겠지만 주변에서 그런 환경을 조성해서 다독여줘야 한다.

직설적으로 쏟아붓는 말이 아닌

괜찮아. 괜찮아

괜찮아질 거라고.

산다는 것은
마음과 달라

)

한동안 자학에 빠져 헤어 나올 수 없었
던 시기가 있었다. 그릇된 모든 일이 전부 내 탓만 같았
다. 어쨌든 결과라는 산물은 자신의 선택에서 비롯되니
까. 그러던 어느 날, 남 탓만 하는 친구에게 공연스레 물
어봤다.

"너는 왜 매번 남 탓만 하니?"
"마음이 편해."

굵직하고 간결한 그의 대답이 나의 마음을 송두리째
뒤흔들었다. 곰곰이 생각해보니 여태 일이 꼬인 것이 꼭
내 탓만은 아니었다. 타인이기도, 나를 둘러싼 환경이기

도, 무정한 세상이기도 했다. 불가항력 같은 외적인 요인에는 속수무책일 수밖에 없었다. 솔직히 그 과정에 있었던 일까지 모두 자신이 전부 짊어지기에는 버겁다. 차라리 탓할 거리가 있으면 마음속으로나마 그렇게 생각해보기로 했다. 가슴속에 쌓인 응어리라도 덜어지니 조금은 홀가분해질 수도 있으니까.

지금껏 얼마나 많이 무너졌는지 셀 수가 없다. 이리 치이고, 저리 치이고, 이제는 익숙해질 법도 한데 늘 아프기는 매한가지다. 새로이 마음가짐을 다져도 재차 원점으로 돌아온다. 뼈저린 경험과 실수를 통해 배우지만, 후회하지 않는 삶은 힘들다. 역시나 산다는 것은 쉽지가 않다.

어쩌면 우리는 하나의 모난 자갈로 이 세상에 태어났는지 모른다. 크기를 알 수 없는 수많은 모진풍파를 겪고 나서야 자질구레하고 날카롭던 모양이 무뎌져 그제야 누군가의 손에 쥐어질 수 있는, 매끈한 조약돌로 변한다.

하루
하루

)

헛되이 보내지 않은 오늘이 모여
헛되이 보내지 않은 인생이 되길

두 번째 🌙

감정의 깊이가
다른 말

그 사람의 말을
기억한다

)

"카르페 디엠."

사람은 언젠가 죽으니, 생이 다하기 전까지 현재를 즐
기자.

영화 〈죽은 시인의 사회〉에서 존 키팅 역을 맡은 로빈
윌리엄스가 했던 말이다. 몇 십 년이 지난 지금도 그 장면
에서 보았던 그의 눈빛과 대사는 쉽사리 잊히지 않는다.

"국민의, 국민에 의한, 국민을 위한"

링컨을 생각하면, 게티즈버그 연설의 마지막 구절이 먼
저 떠오른다. 무엇보다 국민이 우선시되어야 한다는 짧고

강렬한 말 속에 그의 행적과 삶의 철학이 고스란히 녹아
있다.

　비록 이 둘은 세상을 떠났지만, 몇 마디의 말과 함께 오
늘날 우리의 가슴속에 남아 회자되고 있다. 말은 신비로
운 힘을 가지고 있다. 누군가를 추억할 때에 그 사람이 했
던 말이 강렬하게 떠오르는 것처럼. 결국 내 안에 남는 것
들은 별거 아닌 다정한 말이기도, 상처를 주었던 비수이
기도, 삶에 영감을 주었던 말이기도, 지친 나를 일으켜주
었던 응원이기도 했다.

익숙해질 때

미안해

)

　내가 듣고 싶었던 한마디를 상대는 끝내 말해주지 않았다.

　내가 전하고 싶었던 한마디를 상대에게 미처 말하지 못했다.

　지금에 와서 돌아보면 늘 진심이 담긴 한마디가 부족했다.

　"미안해."

　이 말로 인해 수많은 관계가 깨어졌다가 회복하길 반복한다. 생각한 대로만 행동할 수 있다면 좋을 텐데, 그사이 내 감정도 끊임없이 바뀌고 판단이 흐려져 상대에게 실수를 범하고 만다. 제아무리 노력해본들 애초에 미안한 일을 만들지 않는 것은 불가능하다. 내가 무심결에 한 행동이 상대에게 상처가 되기도 하고, 상대가 무심결에 한 행동이 나에게 상처가 되기도 하니까.

그렇게 우리의 삶에서 영문도 모른 채, 조용히 멀어져 서먹해진 사이가 얼마나 많을까. 가만히 세어보니 나는 의외로 그런 사이가 몇 있었다. 상대의 잘못을 슬그머니 귀띔이라도 해주어 관계를 개선하고픈 의지보다, 돌아서 고픈 마음이 더 컸던 탓이다.

지인 중에 유독 표현에 서툰 K는 자존감이 강한 것인지, 용기가 없는 것인지 응당 사과를 받아야 할 일에도 나서지 않고, 자신에게 베푸는 호의에도 고마움을 표하지 않는다. 몇몇이 K에게 불쾌함을 표하자, 친한 사이라 걱정이 되어 그 이유를 조심스레 물어보았다.

"사과해야지, 해야지 되뇌고도 막상 앞에 마주하는 순간 얼음처럼 얼어버려. 이런 성격 때문에 멀어진 관계가 많은데도 쉽게 고쳐지지 않아. 이런 나를 나도 이해할 수

익숙해질 때

가 없어 힘들어."

 뜻밖의 대답에 아무 말도 할 수 없었다. 비록 표현에는
서툴지만, 표현하려는 마음은 항상 가지고 있었다니.

 나는 K와 반대로 타인에게 조금이라도 누를 끼치는 것
은 도리가 아니라 여겨 미안하다는 말을 입에 달고 살았
다. 이것이 나름 최소한의 배려라 믿었는데, 사람들은 뭐
가 그리 소심하냐며 나를 질책하기 일쑤였다. 어떤 이들은
내가 약하게 보였는지 만만하게 대하는 경우도 있었다.

 나와 가깝게 지낸 사람들도 마찬가지였다. 내가 진심으
로 사과할 때는 시큰둥했다. 같은 말만 반복하다 보니 마
음이 와닿지 않는 모양이었다. 마음이 아팠지만, 한편으
로는 이해가 되었다. 그럴 때마다 괴로웠다. 미안하다는
말 밖에서 못해서 미안하다는 말이, 그럴 때 쓰는 표현이
었다.

 말 한마디에도 때가 있는 것 같다. 시기를 놓쳐서도 안
되고, 빈번히 건네도 마음이 실리지 않는다. 평소에 무뚝

뚝한 사람이 한번 좋은 말을 건넸을 때 효과가 배가 되는 것처럼, 감정이 온전히 전해지기 위해서는 강약조절이 필요하다.

어쩜 나는 사과를 함으로써 내 속에 있는 짐을 먼저 덜어내고 싶었는지도 모르겠다. 그래야 한결 홀가분해지니까. 누구를 위한 사과였을까. 그 사람을 위한 것이 아니라 나를 위해서가 아니었을까. 그저 상대방은 말이 아니라 나의 변화된 행동을 더 보고 싶었을지도 모른다.

무릇 사과의 진정한 의미는 화해를 통해 서로의 관계를 진전하자는 뜻이 아닐까 싶다. 미안하다는 한마디보다 그 마음이 더 중요했을 테니까.

눈물
달

🌙

       아슴푸레한 가로등 불빛
사이로 떠오른 달이 눈물 때문인지 빗물 때문인지 희미하
게 보였지만 흐릿하게 반짝이는 달빛이 너무 슬퍼 차마
마주할 수 없었다.

나를 지켜주는
단어

)

　　러시아의 작가 도스토옙
스키의 작품을 좋아한다. 파란만장했던 삶과 경험을 바탕
으로 한 그의 심리묘사가 탁월하다. 한 장, 한 장 넘길 때
마다 넋이 빠질 정도로 나를 상념에 잠기게 한다. 그중에
도 〈백치〉에서는 인물 간의 대화 중에 사형수 이야기를
들려주는 대목이 나온다. 도스토옙스키의 실제 경험이 들
어간 부분이다. 이 작품은 나에게도 많은 영향을 주었다.

　그는 사형대로 끌려가면서 몇 분 후에 자신이 죽게 될
거라는 불안에 떨었다. 그러다 자신에게 남은 시간이 단
5분이라는 것을 알게 된다. 고작 5분. 짧지만 길게 느껴지
는 그 시간을 어떻게 쓸까 고민하다가, 그중 2분은 자신

과 함께해온 지인들과의 작별을 위해, 그리고 2분은 자신의 지난날을 되돌아보기 위해, 마지막으로 남은 1분은 자신이 서 있는 주변을 돌아보는 데 쓴다. 그 다음부터가 인상 깊었다. 마지막 순간 그의 마음은 살고 싶다는 갈망으로 가득했으니까. 후회가 남는 지난날을 되돌아본들, 막상 닥쳐온 죽음 앞에서는 초연할 수 없었다. 오로지 살고 싶을 뿐이었다.

그 사건이 계기가 되었는지는 모르지만, 도스토옙스키는 이후 수많은 명작을 탄생시키고 역사에 남게 된다. 우리는 '시간' 속에 살지만, 정작 중요한 '시간'을 망각한 채로 산다. 아무리 지치고 힘들어도, 때로는 아직 시간이 있다는 사실만으로도 큰 위안이 되는데.

내게 힘이 되고
나를 지켜주는 단어가 무엇인지 묻는다면
'시간'이라고 말하고 싶다.

혀는 칼보다
날카롭다

)

　　모두에게 웃음거리가 누
군가에게는 아픔이 될 수 있다는 사실을 알고부터는 외모
를 소재로 비아냥거리는 코미디가 그리 썩 유쾌하지만은
않다. 도리어 그런 미디어의 영향으로 인해 우리의 일상
에 스며들어 아이들에게 물들까 걱정된다.

　　어린아이들은 우스갯말로 재미 삼아 친구의 외모를 비
하하여 놀리곤 한다. 의외로 그 일이 콤플렉스가 되어 긴
시간 동안 속병을 앓는 이가 많다. 당시 나도 장난기가 많
아 몇 명의 친구를 울렸던 기억이 난다. 별다른 뜻은 없었
다. 그저 친구들과 친해지고 싶었고, 좋아하는 여자아이
의 마음을 얻고 싶을 뿐이었다. 다만 치기 어린 나이라 그

런 말들이 상처가 될 줄은 미처 몰랐다. 막상 내가 누군가에게 놀림을 받고 나서야 비로소 그 심정을 알게 되어 깊이 반성하게 되었다.

우리는 성인이 되어도 외모에 관한 콤플렉스 하나쯤은 가지고 있다. 한데 이런 마음을 안중에도 없이 스스럼없이 타인을 지적하는 이가 있다. 살이 쪘다느니, 핼쑥해서 아파 보인다느니, 피부가 안 좋다느니, 듣기만 해도 썩 기분이 좋지 않아 눈살을 찌푸리게 된다.

이런 이야기를 자주 들을 경우, 생각지 못한 후유증에 시달리는 사람도 있다. 누군가 자신의 흉을 볼까 두렵고, 거리에 나가도 사람들의 시선에 형체 없는 공포를 느낀다. 불현듯이 상처를 입힌 말이 떠오르기라도 하는 날에는 흉터로 남아 있는 부위가 들쑤셔 고통에 신음한다. 머리는 어지럽고 속은 메스껍다. 급기야 사람을 만나는 일마저도 두려워 집밖으로 나가지 않는다. 정작 말로 아픔을 준 사람은 이런 사실을 인지 못하는 경우가 대다수인데.

혀는 칼보다 날카롭다 하여 설망어검舌芒於劍이라 했다.

한 단어에 대해 저마다 느끼는 감정이 천차만별이기에 심적 상처를 입는 크기도 제각각이다. 상대에게 상처가 되는 단어는 잘 걸러서 뱉어야 한다.

사회에서도 외모지상주의는 나날이 심화되어 간다. 겉보다 속이 중요하다는 말은 옛말이 된 지 오래다. 고작 처음 본 사람을 평가하는 기준이 외모, 학벌, 재력으로 통용되는 현실이 안타깝기 그지없다. 낯선 이의 속마음을 열어 볼 수 없다는 것은 이해하지만, 겉모습만 보려 해서는 안 된다. 하물며 당사자의 앞에서 평가하거나 지적하는 일은 더더욱 있어서도 안 된다.

그렇다고 행여 누군가가 당신의 결점을 비하한다고 해서 주눅들 필요는 없다. 적어도 남을 흉보는 이보다 당신이 더 정신적으로 성숙하니까.

사람은 타인의 말로 자신을 인식하고 판단하는 습관이 무의식중에 내재되어 있다고 한다. 인사치레라도 좋으니 오랜만에 만난 이에게 듣기 좋은 말을 건네 보는 것은 어떨까.

익숙해질 때

보이지는 않지만,

향기 나는 예쁜 꽃을 선물한 것과 같다.

호접몽
胡 蝶 夢

)

　　　　　　　새하얀 날개를 펼쳐 망막
한 대지를 누볐다. 몰아의 황홀감이 너무 선명하여 이 꿈
결 같은 순간이 영원할 것만 같았다. 그 순간 거짓말처럼
꾕음을 내는 알람 소리가 들려온다.

삐빅 삐빅

젠장, 미몽이었다.
아니야, 지금이 꿈일지도.

하늘에
별 따기

☽

　　　　　　기회는 저 드넓은 은하수
위에 수놓은 듯 걸려 있는 별이 아니었다. 그저 잠깐 반짝
이다가 떨어지는 유성이었다. 언제든 다시 올 것만 같았
는데, 잡을 수 있는 순간은 그때뿐이었다. 그깟 자존심이
뭐가 그리 중요했을까. 신중함을 핑계로 재고 또 재다가
눈앞에서 놓쳐버리고 말았다. 어쩜 절실함이 그만큼 부족
했는지도 모른다.

　우연히 왔다가 묘연히 종적을 감추어버리는 기회. 때로
는 망설이지 않고 잡을 줄도 알아야 한다. 정작 간절할 때
에는 아무리 애타게 기다려 본들 좀체 나타나지를 않는
다. 다시 찾아올지도 미지수라 잠자코 기다리고 있을 수

만도 없는 노릇이다.

더 늦기 전에 놓쳐버린 기회를 다시 찾으러 나서야겠다.
남들이 뭐라 하든 말든, 좀 부끄러우면 어때.

인생은 한 번뿐이잖아.

익숙해질 때

무의미한
험담

)

        같이 일하던 상사에게 불만이 쌓여갔다. 꼭 나만 그런 것이 아니라 주위에 있던 대다수가 같은 심정이었다. 우린 이래저래 하소연을 나누다 그 사람을 싫어한다는 공통분모를 찾았다. 별안간 깊은 유대감이 생길 수밖에 없었다. 처음에는 서로 공감해주고 위로해주니 마음 한켠이 든든한 것이 참 좋았다. 오늘은 나로 시작해 내일은 A, 모레는 B, 이런 식으로 반복되었다. 상사를 향한 우리의 적대감은 커져만 갔다. 소소한 일이라도 꼬투리 잡아 험담하기 일쑤였고, 미워하는 정도를 넘어서 저주하는 수준에 이르렀다.

        그러다 어느 순간 비로소 잘못을 인지했다. 다행이었

다. 그 이유가 무엇이든 간에 한 사람을 향한 집단의 험담은 정당화될 수 없었다. 불만이 생기더라도 공유는 하되 위로해주는 데에 그쳐야 한다.

사실 우리 주변에는 늘 험담을 일삼는 이가 존재한다. 프랑스 계몽주의 선구자이자 비판적 지식인 볼테르는 사람들은 대화거리가 없으면 험담을 한다는 유명한 말을 남겼다. 사뭇 그 말에 공감이 간다. 화젯거리가 없어 정적이 감돌다가도 누군가를 비난하기 시작하면 금세 목소리가 높아진다.

도대체 왜 그리도 타인을 험담하는 것일까. 일각에서는 자신이 받아들일 수 없는 결핍이나 감정을 타인에게 귀속시키는 투사(프로이트 정신분석이론 방어기제)와 연관이 있다고 했다. 어쩜 그들이 내뱉는 말들은 자신에게 하고 싶었던 말일지도 모르겠다.

행여 누군가가 나를 험담하거나, 나쁜 소문을 퍼뜨리더라도 이제는 크게 개의치 않으려 한다. 그럴수록 자신만 지쳐갈 뿐이라는 것을 경험했다.

익숙해질 때

예전에 나에 관한 이상한 소문이 돌아 마음고생을 심하게 했다. 개인 사정으로 몇 주 동안 학교에 나가지 못했는데 한 친구에게서 살아있냐는 내용의 메시지를 받은 것이다. 뜬금없는 메시지였다. 자초지종을 알아보니 소문의 근원은 모르지만 내가 자퇴했다느니 군대에 갔다느니 심지어 죽었다는 소문까지 돌았다고 했다. 별로 알리고 싶지 않은 일이라 입을 다물고 있었던 나의 탓도 있겠지만, 지나친 장난에 어처구니가 없었다. 학교에 돌아오자마자 얼마나 많은 사람이 근황을 물어보던지, 무근지설無根之說이라고 일일이 해명하기 바빴다.

나쁜 소식은 빨리 퍼지고, 사람들의 입방아에 많이 오르내릴수록 말은 더 보태어져서 와전까지 되고 있었다. 탈무드에서 말하길 악의가 담긴 소문은 한 번에 세 사람을 죽이는 일이라 했다.

소문을 낸 자,
소문을 들은 자,
소문에 오른 자.

결국, 타인을 험담하는 일만큼 무의미하고 소모적인 시간은 없다. 아무리 미워하는 자가 생겨도 마음으로만 생각하는 편이 낫다. 자신의 입에서 내뱉는 말은 곧 인격이 된다.

술김에
한 말

)

예전에는 괴로움을 달래
보려 종종 술에 의지했다. 나의 정신을 옭아매던 온갖 사
념도 취기가 올라오는 순간 깡그리 사라져버렸다. 적어도
그 순간만큼은 묵어 곪아버린 감정의 찌꺼기를 덜어내는
것처럼 속이 후련했다. 비록 아침마다 머리가 산산조각
나는 것 같은 두통과 숙취에 시달렸지만, 전날 밤의 극명
한 쾌감을 잊을 수가 없었다.

이런 게 알콜 중독인 걸까 싶었다. 거의 매일 술자리를
찾아다니다시피 살았다. 어둠 속 은은한 달빛이 내리쬐는
밤, 감상에 흠뻑 젖은 우리는 그럴싸하고 멋들어진 건배
사를 붙여 잔을 맞대곤 했다. 한 잔은 애련한 마음을, 한

잔은 현실의 비애를, 한 잔은 암암한 미래를.

내일이 온다는 사실도 망각한 채로 음주가무를 즐겼다. 술에 취해, 분위기에 취해, 사람에 취해, 감정에 취했다. 순간을 즐기고 싶었던 걸까. 현실로부터 도망가고 싶었던 걸까. 아직도 잘 모르겠다. 분명한 건 당시의 감정이 지금은 온전하지 않다는 거다. 좋았던 기억은 후회로 얼룩져버렸다.

우리는 평소보다 북받쳐 오르는 감정을 주체할 수 없어 이성의 끈을 살짝 놓아버리는 경우가 많았다. 꼭두새벽에 헤어진 연인에게 전화하거나, 유치한 농담에 시비가 붙어 실랑이를 벌이거나, 그간 쌓아왔던 응어리를 서로에게 터뜨렸다. 그 순간만 참고 넘기면 될 텐데, 결국 참지 못해 화를 자초하고 말았다.

지금껏 머뭇거리다 술김에 내뱉은 말은 열에 아홉은 후회가 막심했다. 그로 인해 연인과 이별을 부르기도 하며, 친구와의 관계가 단절되기도 한다. 그럼에도 불구하고 기어코 말을 해야겠다면, 조금이나마 평정심을 유지할 수 있을 때 해야 한다. 감정의 소용돌이가 거셀수록 판단

익숙해질 때

력이 흐려지기 마련이니까.

근래에 들어 마주하고 싶지 않은 현실을 피해 살아온 시간이 너무 아깝게 느껴진다. 당시에는 둘도 없는 사이라며 술잔을 기울였는데, 막상 인연의 끈을 이어온 사람은 몇 안 된다.

술은 알딸딸해질 정도가 딱 좋다. 적당한 음주는 생활의 활력을 주기도 하지만, 너무 취해 살면 나를 그저 취한 사람으로밖에 보지 않는다.

나만

)

주변은 모두 행복한데

나만 슬플 때

괜스레 눈시울이 붉어져

이상하게 더 슬프더라

나만 세상에 버려져

외톨이가 된 기분이고

나만 울고 있으니

이상한 사람 같고

익숙해질 때

나만 그럴 수 없으니

애써 공허한 웃음 지어 보이고

나만 그 무리에서

같은 마음인 이가 보이고

무엇보다 슬픈 건

그것마저 익숙해질 때

반대의

삶

)

혈기왕성했던 20대 초반, 밤새 술을 퍼마시고 후쿠오카 텐진에서 집으로 가는 급행 열차에 몸을 실었다. 피곤한 데다 술에 취한 나는 자리에 앉자마자 기절한 듯 잠들어버렸다. 종착역에 다다르자 역무원이 다가와 나를 깨웠다. 가까스로 몽롱한 정신을 가다듬어 몸을 일으켜 세웠다. 간단히 고맙다는 인사말을 건네고, 역무실로 가서 네 배가 넘는 추가 요금을 지불했다. 내려야 할 곳을 지나쳐 두 시간이나 더 달렸던 것이다.

기차역을 나서자 맑은 하늘에 가랑비가 보슬보슬 내리고 있었다. 이게 꿈인지 생시인지 분간이 되지 않아, 졸린 눈을 비비고 다시 한번 하늘을 쳐다보았다. 잘못 본 것이 아니었다. 묘했다. 현실과 꿈의 경계가 있기는 한 걸까. 온전히 깨어 있지 않은 현실은 도리어 꿈만 같았다.

　돌아가는 티켓 사는 것을 미루고, 근처 편의점에 들러 삼각김밥 하나를 샀다. 텅 빈 속에 들어차는 삼각김밥 한 입은 온몸을 전율케 할 정도로 맛있었다. 눈 깜짝할 사이에 뚝딱 해치우고, 나는 정처 없이 걷기 시작했다.

　삼삼오오 모여 등교하는 아이들, 출근 시간에 맞춰 역으로 향하는 직장인들, 저마다의 하루를 보내기 위해 모두가 동분서주 움직이고 있었다. 왠지 나는 이 낯선 풍경 속에서 어울리지 않는 것만 같았다. 그들과 달리 어떠한 목적도 없이 오로지 걷고 있을 뿐이었으니까.

　대신에 그들이 미처 보지 못했던 것을 볼 수 있었다. 개울가 옆에 옹기종기 핀 수국은 나의 발걸음을 멈추게 했다. 한동안 빗방울이 잎사귀 끝자락에 맺혀 떨어지는 모습을 가만히 지켜보았다. 너무나도 청아했다. 도리어 하늘이 맑았기에 더 그렇게 보였는지도 모르겠다.

그곳을 한참 돌아다니다가 해가 저물 즈음에서야 기차역으로 돌아갔다. 아침에 출발했던 이들이 돌아오고 있을 즈음이었다. 만감이 교차했다. 단 하루였지만, 매일을 똑같이 살아온 일주일보다 더 특별했다. 예기치 않게 도착한 낯선 곳에서 좋은 기억과 기운을 잔뜩 선물 받았다. 문득 한 번쯤은 모두와 반대로 살아보는 것도 나쁘지 않다는 생각이 들었다.

길은 하나만 있는 것이 아니다.

감정의

온도

)

    고대 그리스 시인 오비니
우스는 시기심은 살아 있는 자에게서 자라다 죽을 때 멈
춘다고 말했다. 어쩌면 질투도 인간 본연의 감정일지도
모른다. 누구나 유아기에 한두 살 터울 동생이 태어난 순
간 질투를 표출한다. 먼저 태어난 아이는 부모에게 독차
지해온 사랑을 빼앗겼다는 상실감에 공격성을 띤 분노를
표출한다. 예컨대 평소에 안 하던 퇴행 행동을 보이거나,
동생에게 짓궂은 장난을 치는 식이다.

    성인이 되어가면서 그런 감정은 서서히 사라지지만, 완
전히 없어지지는 않는다. 이성, 친구, 사회, 어디서든 질투
하는 자신을 쉬이 의식할 수 있으니까. 다만 타인에게 애

써 티를 내지 않을 뿐이다. 외려 이런 불편한 진실을 마주하고 곧이곧대로 받아들이는 편이 좋지 않을까. 상대도 같은 기분일 테니, 그 마음마저 헤아려 배려할 수 있다.

요즘은 기쁜 일이 생기더라도 무턱대고 말하지 않는다. 힘든 나날을 보내고 있는 친구에게 어찌 마음에서 우러나온 축하를 받을 수 있을까. 같이 시험을 준비하다가 먼저 합격했다고 자랑하는 것과 다를 바 없다. 자신을 챙기는 일도 힘들 터인데, 나의 기쁨은 도리어 거리감을 만들어 열등감에 시달리게 할 뿐이다.

슬픔에 잠겨 푸념을 늘어놓는 일도 조심스럽다. 일이 술술 잘 풀려 흡족한 삶을 보내는 이에게, 적적한 이야기를 꺼내본들 그 마음이 쉽게 덜어지지는 않는다. 나락에 빠져 매일 아등바등 허우적대는 기분을 겪어보지 않고서는 어찌 나눌 수 있을까.

살아보니 영국의 속담처럼 기쁨은 나누면 배가 되고 슬픔을 나눠도 반이 되지는 않았다. 때로는 누군가에게 시새움을 받기도 하고, 치명적인 결핍을 알려주는 꼴이 되기도 했다.

진정한 희로애락을 나누기 위해서는 서로의 처지가 비등해야 한다. 동시에 시험에 합격하면 겹경사이고, 낙방하면 위안이 되는 것도 같은 맥락이다. 추운 겨울, 눈보라가 휘몰아치는 설원에서 사경을 헤매는 이에게 싱그러운 봄꽃을 건네준들 그다지 달갑지 않다. 도리어 같은 계절에 있는 이와 함께하는 편이 더 위로가 된다.

나이가 들수록 나의 주변 사람들도 차츰 감정의 온도가 비스름해진다. 무엇이 우리를 물들게 했는지는 모르나, 나쁘지만은 않다. 그만큼 깊은 감정을 공유할 수 있는 사이라는 뜻이기도 하니까.

)

나는 언변이 그리 유창한
것도, 인간관계에 능한 사람도 아니다. 노상 부족함을 알
기에 정진을 게을리하지 않건만, 여전히 생각과 마음을
표현하는 일이 서투르다. 진심이 제대로 전해지지 않아
누군가에게 상처를 주기도 하고, 그로 인해 상처를 되받
은 기억으로 그득하다. 앞으로도 잘할 수 있을 거라는 기
대도 그다지 없다. 다만 아팠던 순간을 되풀이하고 싶지
않아 하루하루 반성하는 자세로 꾸준히 노력할 뿐이다.

언젠가부터 처세술, 화법에 관한 책이 쏟아져 나온다.
많은 사람들이 삶이 달라질 수 있을지도 모른다는 일말의
기대로 밑줄을 그어가며 정독한다. 중요 페이지마다 붙인

포스트잇 플래그는 제법 너덜너덜해진 것이, 마치 내 마음을 대변해주는 것만 같아 괜스레 짠하다.

하지만 실상은 말처럼 수월하지가 않다. 자신감을 가져라 한들 생기지 않고, 사고방식을 바꿔라 한들 변하지 않고, 노력해라 한들 쉽지 않고, 정작 필요한 순간에는 말문까지 막혀버린다. 어디까지나 찰나의 깨달음에 지나지 않을 뿐, 내게 맞지 않은 옷이 태반이다. 단편적으로 눈으로 보고, 귀로 듣고 익히는 데에는 한계에 부닥치기 마련이다. 실제로 입어봐야 맞는 옷인지 알 수 있다.

요즘은 사랑을 글로 배우는 사람도 있다. 언제부터 그게 학문이 되어버렸을까. 하물며 축적해온 지식을 바탕으로 남의 연애사에도 사뭇 조언을 아끼지 않는다. 알면 알수록 세상에서 가장 어려운 일이 남녀관계가 아니던가. 타인의 말이 조금은 삶에 보탬이 될지 모르나, 지극히 주관적인 견해에 불과하니 너무 맹신해서는 안 된다.

백문불여일견百聞 不如一見이랬다. 백 번 듣는 것이 한 번 보는 것보다 못하다. 그러니 방법을 안다고 해서 다가 아니다. 노력을 통해 좀 더 현명해질 수 있으나. 나라는 존재를 온전히 완성시킬 수는 없다. 유년기에 어른의 말을 백날 들어도 이해 못했듯, 대저 몸소 경험을 통해 느끼고 깨달아야 원숙함이 농익을 수 있다.

도리어 마음먹은 대로 살 수 없다는 사실을 인지하는 편이 어떨까.

익숙해질 때

그런

날

)

　　　　　　　　　1분, 아니 30초만

일찍 도착했어도 탈 수 있었는데

눈앞에서 기차를 놓쳤다

떠나가는 기차를 멀뚱히 바라본 채로

한동안 망연자실했다

꿈
바다

)

두 갈래의 길이 있었다. 하나는 온통 가시덩굴로 가득한 숲속이었고, 또 하나는 낭떠러지 밑으로 한없이 펼쳐진 바다였다. 그 끝에 무엇이 있는지 알 수 없지만, 어디론가 가야만 했다. 같은 자리에서 마냥 서 있을 수만은 없었으니까.

마땅히 정한 행선지가 없었지만, 수심이 깊은 바다는 무서웠다. 마지못해 숲속으로 들어갈 수밖에 없었다. 우거진 수풀을 요리조리 헤치고 나아가는 것은 여간 어려운 일이 아니었다. 뾰족한 가시가 살갗을 파고들어 온몸이 상처투성이가 되어버리기 일쑤였다.

익숙해질 때

한계에 부딪히자 모든 것을 단념하고픈 찰나였다. 문득 고개를 돌려보니 누군가가 만들어놓은 길이 보였다. 제아무리 무성한 풀도 첫발을 내딛기가 힘들지, 여럿이 지나다 보면 하나의 길이 되어 있다. 들뜬 마음에 발걸음을 옮겼다. 한데 시뿌연 안개가 몰려와 같은 자리를 계속 맴도는 링반데룽°에 빠지고 말았다. 몸도, 정신도 같은 공간에 갇혀 공황상태가 되었다.

그때였다. 안개 너머로 파도 소리가 미세하게 들려왔다. 더는 이곳에서 버틸 힘이 없었기에 소리를 따라가자 낭떠러지에 이르렀다.

숲속이라는 현실은 나에게 너무 잔인해서 버틸 수가 없어.

차라리 바다에 뛰어들래.
지칠 때까지 헤엄쳐보는 거야.
그 끝이 생각보다 가까울 수도 있잖아.

°링반데룽. 방향감각을 잃고 한 지점에서 맴도는 일.

뭐, 멀어도 상관없어.

가다가 지쳐서 끝나버릴지라도

더는 방법이 없으니까.

익숙해질 때

대화
對話

)

　　　　　　　무릇 대화란 마주하여 서
로 이야기를 주고받는 것이 기본 원칙이다. 탈무드에서는
인간은 입이 하나고 귀가 둘이니, 말하기보다는 듣기를
두 배 더 하라며, 경청의 중요성을 강조했다.

　간혹 나의 말을 도중에 끊어버리거나, 듣는 시늉만 하
는 이가 있다. 하물며 내 앞에서 오랜 시간 통화를 하기도
한다. 급한 일이라면 응당 이해를 해주는데 막상 들어보
면 별 시답지 않은 이야기다. 적어도 누군가와 함께할 때
는 그 순간에 충실하려 노력해야 할 텐데, 괜스레 소외감
이 몰려온다.

또한 상대에게 말할 틈도 주지 않고, 주저리주저리 자신의 이야기만 하는 이도 나를 적적하게 하긴 마찬가지다. 혹여 나도 그럴까 싶어 말을 하는 도중에 자꾸만 이 사실을 상기하게 된다.

대화를 나누는 일이 갈수록 어렵고 조심스럽다. 서로의 관계를 두텁게 할지, 멀어지게 할지를 결정하게 만드는 중요한 순간이라 더 그럴지도 모르겠다.

줄곧 말을 잘한다고 믿어온 친구가 있다. 영업을 천직이라 여겼지만, 막상 고객들을 만나고부터는 연거푸 고배를 마셨다. 떨어질 대로 떨어진 자신감에 악순환은 거듭되었다. 한번은 막막한 마음에 메모장에 하고 싶은 말을 논리정연하게 적어 대본을 읽듯이 연습을 하고 갔다. 한데 이번에는 너무 상업적인 색이 강해 전보다 더 퇴짜를 맞았다.

그렇게 얼마나 시간이 지났을까. 누차 쌓인 실패 경험에 나름 노하우가 생겼다. 먼저, 둘 사이 공통의 관심사를 찾아 경계의 벽을 허문다. 무엇보다 상대의 말을 귀 기울여 듣고, 사이사이 맞장구를 쳐준다. 이에 화자는 자신의

익숙해질 때

이야기를 열심히 듣고 있다는 생각에 기분이 좋아진다. 전달하고자 하는 목적은 돌려서 말하기보다 명확하고 간결하게 말해 선택할 시간을 줘야 한다. 행여 거절할 경우에도 늘 부드럽게 화답한다.

전보다 좋아진 실적에 친구는 뿌듯했지만, 한편으로는 씁쓸했다. 어언간 그에게 있어 대화란 살아가는 수단이 되어버렸다. 그래서일까. 가끔 아무 생각 없이 말하는 대화가 너무 그립다고 했다.

친구의 말에 공감이 갔다. 우리는 사회생활을 할수록 화법은 늘어가지만, 점차 진심 어린 대화를 하기는 힘들어진다. 목적과 방법만 있을 뿐, 마음이 담겨 있지 않기 때문이다. 독일의 시인 릴케는 가장 행복한 대화는 경쟁이나 허영심이 없는 잔잔한 감정의 교류만이 있는 대화라 했다.

나도 그립다.
친구들과 별생각 없이 대화를 주고받고도 정다울 수 있었던 그때가.

괜찮다고 해서
아무렇지 않은 건
아니야

)

　　　　　　마음에도 지진이 온다. 진
앙이 어디인지, 진도는 얼마인지, 미리 헤아려 짐작할 수
가 없다. 단지 온몸으로 겪고 나서야 얼마나 강렬한지 알
게 된다. 그 세기만큼 잔상이 남아 일종의 트라우마를 만
든다. 또 지진이 올지도 모른다는 공포감. 연관된 단어만
들어도 당시의 감정이 선명하게 떠올라 가슴을 졸이게 만
든다. 살짝 닿기만 해도 아픈 기억이라, 다시는 끄집어내
고 싶지 않아 꽁꽁 싸매어 가슴 깊숙이 넣어두게 된다.

　　간혹 아무 생각 없이 과거의 상처를 들추는 이가 있다.
헤어진 연인의 소식이라든가, 떠올리고 싶지 않은 기억에
관한 이야기를 듣기라도 하는 날에는 싸매어두었던 아픔

　　　　　　　　　　　　　　　　　익숙해질 때

의 보따리가 스르르 풀린다. 본의 아니게 그때의 아픈 상처를 다시 곱씹어야 한다. 그건 못 박힌 가슴에 망치로 또다시 탕 내리치는 격이다.

몇 해 전, 친구에게서 듣고 싶지 않은 소식을 들었다. 그 자리에서는 태연히 다 잊었다고 웃어넘겼지만, 사람 감정이 그렇게 쉽지가 않다. 그날 밤 떠오르기 싫었던 기억과 감정이 되살아나 좀체 잠을 이룰 수 없었다. 그제야 나도 지난날을 되돌아보며 반성하게 되었다. 무심결에 꺼낸 말에 많은 이에게 상처를 줬던 것은 아니었는지.

여태 상대가 대수롭지 않게 여긴다 하여, 별생각 없이 지난 이야기를 화젯거리 삼아 꺼내어 사람들과 함께 입방아를 찧어댔다. 그 사람의 마음이 찢어지는 줄도 모르고.
그 사람의 입장이 되어보니 그제야 알 수 있었다. 구태여 서로의 아픈 상처를 들추는 일 같은 건, 하지 않는 게 낫다는 것을.

감정
낭비

)

최고의 복수는 성공도,

용서도 아니야

뭐하러 그런 감정에 나의 인생을 소비해

미움도, 탐욕도, 노여움도

결국은 자신만 갉아먹을 뿐이야

아이에게
스미는
어른의 말

)

합기도 관장을 하는 친구 S가 있어 간만에 얼굴이나 볼 겸해서 도장에 들렀다. 때마침 아이들과 학부모가 같이 참관하는 공개 수업 막바지라, 혹여 방해될까 싶어 멀찍이서 지켜보았다. 수업이 끝날 무렵 친구의 맺음말이 인상적이었다.

"제가 사는 삶이 아이들의 삶이라 생각하기에 더 멋지고 바르게 살려고 노력합니다. 그래야 우리 아이들에게 저의 행동이 묻어나기 때문이죠."

보이지 않는 곳에서도 불철주야 아이들에게 참된 스승이 되기 위해 소신껏 노력하는 모습을 알기에 더 이야기가 와닿았다.

　일전에 들은 그의 교육방침은 잘못은 짧게 타일러주되, 칭찬은 아끼지 않고 듬뿍 주는 것이다. 아직 사리를 분별할 수 없는 아이에게 너무 야단만 치면, 자칫 반감을 품게 되어 부정적인 모습으로 변할 수도 있다. 한 번은 인사성이 없는 아이에게, 반대로 인사를 잘한다고 추어올려주었다. 물론 모두가 다 그렇지는 않겠지만, 그 아이는 놀랍게도 실제로 인사를 잘하려고 노력했다고 한다. 관심 어린 작은 말한 한마디가 아이에게 스며들어 올바른 방향으로 성장시킨 것이다.

　식물이 싹을 틔우고 광합성을 통해 자라나기 위해서 햇볕이 필요하듯, 아이에게도 양분이 필요하다. 자고로 부모와 스승은 아이에게 그런 역할을 해주어야 한다.

　나는 유년기에 악동이라 불리었기에 왠지 더 공감이 간다. 그때는 매사 불만으로 가득 차 있었다. 어디론가 표출할 곳이 필요해서 어른에게 대들거나, 친구들을 괴롭히기 일쑤였다. 나날이 안 좋은 인식만 쌓여 악순환의 연속

익숙해질 때

이었다. 지금에 와서 생각해보면 저 애가 왜 저러지 하는 사소한 관심이 필요했던 것 같다. 다들 꾸짖고 야단치기만 할 뿐, 마음을 헤아려주는 이가 별로 없었다.

이따금 어른인 척을 해야 하는 일에 염증을 많이 느꼈는데 아이들 앞에서는 어른이 되려고 한다. 나의 사소한 행동 하나하나가 미치는 영향이 지대한 것을 알기에.

고독에
관하여

）

　　　　　　　고요한 밤, 언제나 침상에
누워 잠을 청한다. 하루 동안 쌓인 피로가 많을 때에는 쏟
아져 오는 졸음과 함께 곧바로 잠이 들곤 한다. 한데 이
따금 좀체 잠이 오지 않는 날이 있다. 그때는 마음속 깊
은 곳에서부터 고독이라는 괴물이 스멀스멀 생겨난다. 좀
체 녀석의 크기를 가늠할 수는 없다. 두 눈을 떴을 때 내
가 볼 수 있는 시야는 한정적이지만 눈을 감고 나면 내 앞
에 무한한 어둠이 펼쳐지는 것처럼, 도무지 형체가 보이
지 않는다. 다만 목구멍까지 차올랐을 때 질식할 것만 같
은 공포가 밀려온다.

　내 삶의 끝은 어디인가. 과연 잘 살고 있는 걸까. 노

상 피하기만 했던 원초적인 물음이 샘솟는다. 더 깊은 심연으로 빠지기 전에 상념의 주파수를 돌린다. 하이데거는 방랑하는 영혼은 고독하다고 했다. 어렵게만 느껴졌던 그의 말이 이제는 마음에 사무친다. 온종일 세상을 떠돌며 순리대로 잘 살아가고 있다고 믿었는데, 정작 내 영혼은 어느 곳에도 안주하지 못하고 방랑하고 있었다. 그 어떤 믿음도 심연에서 마주하는 고독을 깨부술 수는 없다. 불완전한 인간의 영혼은 방랑할 수밖에 없기에 고독하다. 그 누구도 고독으로부터 자유로워질 수 없다. 한없이 피해 본들 언젠가는 마주해야만 한다.

하지만 그렇기 때문에 고독을 받아들이되 고독에 잠식당해서는 안 된다. 세상을 살아가게 하는 기운을 앗아가기 때문이다. 생각해보면 우리는 모두 고독을 달래기 위해 꽤 많은 시간을 보내고 있다. 만남, 음악, 여행, SNS 등 저마다 그 방법이 다르다. 하지만 잠깐은 괜찮을지 몰라도 홀로 남겨지고 나면, 피했던 만큼 쓸쓸함이 되돌아온다.

떼려야 뗄 수 없는 고독
마음이 병들지 않을 만큼만 받아들이자.

지나친
착각

)

두루두루 박식하다 해서
타인보다 자신이 높은 수준이나 위치에 있다고 착각하는
사람들이 있다. 물론 풍부한 지식은 장점이 될 수 있다.
하지만 사람을 평가하는 유일한 잣대가 되어서는 안 된
다. 모르는 것은 절대 부끄러운 일이 아닌데 왜 무지하다
고 멸시를 하는 걸까. 설령 그렇다 한들 상대의 기분이 상
하지 않게 알려주면 될 것을.

타인을 통해서 우월감을 느끼는 이는 노상 무시하는
일을 일삼는다. 겪어보지도 않고서 상대의 경험을 별거
아니라 치부하거나, 작은 꼬투리라도 잡아서 모욕을 준
다. 무식하다는 말을 듣고도 기분이 상하지 않을 사람이

있을까. 모멸감만큼 상대를 적대하게 되고, 때론 수모를 당한 기억이 트라우마로 남기도 한다. 급기야 이 말을 듣고 싶지 않아 일부러 아는 척을 한다.

이런 부류의 사람들을 마주해야 할 경우 나만의 대처법이 하나 있다. 상대가 뭐라고 멸시를 하든 그저 한쪽 귀로 듣고 흘려버리는 것이다. 담아둬봤자 냉가슴만 앓게 될 뿐이다. 이전에 몇 번 장단을 맞춰준 적이 있었는데, 이내 후회가 밀려왔다. 무언가 마음이 정화되는 느낌이라도 온 것인지, 무시하는 빈도가 날개를 단 듯 더더욱 늘어났다. 끝내 참지 못한 나는 목소리를 낼 수밖에 없었다. 그럼에도 불구하고 개선의 여지가 엿보이지 않으면 조금씩 거리를 두게 된다. 황금보다 귀한 시간에 구태여 그런 이들과 어울릴 필요는 없으니까.

요즘 같은 시대에선 제아무리 똑똑하다고 생색내봤자 오십보백보다. 군이 누군가에게 물어보지 않아도 인터넷을 통해 필요한 정보를 얻을 수 있다. 속도의 차이는 있을지 모르지만 결국 피차 비슷하다.

누구나 자신을 존중해주는 사람과 함께하고 싶다. 지속적으로 상대를 무시하는 일은 관계의 단절을 초래할 뿐이다. 사회 관계뿐만 아니라 가까운 사이일수록 더 조심해야한다. 편한 사이라 해서 절대로 막 해도 되는 사이는 아니니까.

어쩌면 필요한 건 상대의 결점을 포근하게 보듬어주는 일일지 모른다.

거짓말,

거짓말,

거짓말

)

1.

　일각에서는 거짓말이 험난한 세상에서 살아남기 위한 생존본능이라 한다. 전쟁 통에서는 술책을 꾸며 극적으로 위기를 모면했고, 지금도 사회에서는 유대관계를 유지해주는 수단이기도 하다. 심지어 동물들까지 외부의 위협으로부터 자신을 보호하기 위해 속임수를 쓴다.

　어찌 보면 우리는 모두 피노키오다. 의식적이든 무의식적이든 거짓말을 해보지 않았던 사람은 없다. 실제로 코가 길어지지는 않지만, 마음의 중량은 무거워진다. 다만 그 하중을 얼마나 버틸 수 있을지 제각기 다를 뿐이다.

대개 사람들은 옳고 그름을 떠나, 자신에게 득이 되는 거짓말을 한다. 그 말을 지키기 위해 궁여지책으로 위기를 모면할수록 눈덩이처럼 불어나 허점이 생긴다. 후에 속임을 당한 이가 그 사실을 인지했을 때에 두 가지 선택을 할 수 있다. 이실직고할 것인지, 모르는 척을 할 것인지. 이때 후자가 더 슬프다. 그걸 말하는 순간 그간 쌓아온 관계가 다 무너져버릴 것만 같아서.

세상은 거짓투성이다. 오늘 하루에도 얼마나 많은 형태의 허언이 오갈까. 여태 내뱉은 말의 진정한 진실은 오로지 자신만이 알고 있을 뿐이다. 병적인 거짓말이 아닌 이상, 내가 인지한 거짓말은 그 무게를 평생 짊어지고 살아야 한다.

2.

간혹 상대의 심중을 떠보려고 일부러 상황을 꾸며 시험하는 이가 있다. 가장 해서는 안 될 행동이다. 시험당했다는 사실을 안 순간부터는 진심이었던 사람도 감정에 미묘한 변화가 생긴다. 어쨌든 의심이란 불씨가 조금이라도 있었기에 그런 상황에 부닥친 것이니까.

익숙해질 때

유독 연인 사이에서 그런 경우를 많이 볼 수 있다.

"헤어지자."

일방적으로 통보를 받는 순간, 묵직한 말의 무게가 심장을 강타한다. 온몸은 경직된 채로 좀체 풀리지 않고, 세상이 멈춘 마냥 망연하다. 한데 홧김에, 본심을 알아보고 싶어서 내뱉었던 말이라니. 이유 불문하고 이별통보는 감정이 남아 있는 이에게 잔인하기 짝이 없다.

제아무리 진심을 헤아려, 잡아주기 바라는 마음에 꺼낸 말일지라도 느끼는 감정의 온도 차가 심하다. 서로가 사랑을 확인하여 관계가 끈끈해지면 다행이지만, 도리어 있던 마음이 식어버리기도 한다. 헤어지자는 한마디가 어떤 이에게는 무게가 상당하다. 정말 이별을 결심했을 때만 쓸 수 있는 말이기 때문이다.

애초에 그럴 생각이 없다면,
함부로 헤어지자는 말을 내뱉어서는 안 된다.

3.

믿고 싶지 않은 상황을 마주한다.

아이러니하게도 이적의 노랫말처럼

거짓말이었으면 좋겠다고 되뇐다.

거짓말, 거짓말, 거짓말.

온기

)

　　　　　　　　　적당히 작고 편안한 내 방
이 고된 삶의 유일한 안식처다. 이따금 따뜻한 이불 안에
서 무념에 빠져 적막에 잠긴다. 지친 육신만큼 일어나는
일이 더 고달프다. 고독의 무게가 나를 짓누르고 잠식해
야 가까스로 몸을 일으킨다.

　　갈수록 바깥세상은 무서워진다. 연일 사건사고가 끊이
지 않고, 사람들의 이목을 끌기 위한 자극적인 기사들로
가득하다. 분명 옛날과 크게 달라진 것은 없는데, 인터넷
의 발달로 인해 알고 싶지도 않은 어두운 소식까지 접해
야 한다. 그건 우리를 더 우울하고 분노케 만든다.

언제부터인가 화젯거리가 가득한 아침을 맞이한다. 사실 지구상에는 하루에도 셀 수 없이 많은 일이 일어나기에, 사건사고를 찾으려 하면 한도 끝도 없다. 더구나 잠시 뿐인 희소식에 비해 나쁜 소식은 참 길게만 이어진다.

사람들도 극단적으로 변해간다. 흑과 백, 보수와 진보와 같은 극명한 색채만 있다. 중도가 별로 없다. 서로 상반되는 성향을 가진 편협한 이들이 만나기라도 하는 날에는 끝없는 설전이 벌어진다. 그저 서로 깎아내리기에 바쁠 뿐, 합의점을 찾으려는 노력조차 시도하지 않는다. 자신과 반대라는 이유로 주적이 되는 것은 예삿일이다.

익명성을 보장받는 온라인 공간에서는 더욱 언어폭력이 난무한다. 쌓인 분노가 폭력성으로 표출되어 비난의 칼날은 더욱 견고하고 날카로워진다. 때로는 시기와 질투를 담아 유명인에게 그 날을 던지기도 한다. 하물며 축하받아야 할 일에도 온당한 이유 없이 인신공격을 서슴지 않는다.

무심코 던진 비난의 화살이 언젠가 부메랑처럼 언젠가 자신에게 돌아올지도 모르는데, 뭐 이리도 삐딱하게 사는

지 모르겠다.

점점 무서워지는 세상에 온기가 절실하다.

이불 속에서만 느낄 수 있는 나만의 온기가 아닌,

서로 나눌 수 있는 따스함이.

쌓아두지 말고
내뱉는 거야

)

여럿이서 노래방 가는 것
을 별로 좋아하지 않는다. 분위기를 맞추어야 하다 보니
선곡에 제약을 받는다. 신나게 무르익은 분위기에 우울한
노래를 부를 수는 없는 노릇이니까. 그나마 친구들과 어
울려 가는 것은 괜찮다. 하지만 회식자리는 정말 최악이
다. 상사의 눈치를 보며 호응을 해주는 일이 여간 피곤하
지 않을 수 없다. 간혹 곡을 연달아 예약해 단독 콘서트를
방불케 하는데, 정말 지루하기 그지없다.

가끔 나는 동네에 있는 코인노래방에 가서 혼자 노래
를 부르곤 한다. 무엇보다 타인의 시선을 신경 써야 할 필
요가 없고, 그간 쌓인 응어리나 스트레스가 동시에 해소

익숙해질 때

되는 기분이다. 딱히 가리는 장르는 없지만, 그중에서는 힙합을 가장 좋아한다. 감정의 깊이에 따라 운율을 달리하여 툭툭 내뱉는 맛이 일품이다. 간혹 흐르는 비트에 맞춰 작사를 하기도 하는데, 적는 재미도 쏠쏠하다.

처음 힙합에 관심을 가지기 시작한 계기는 학창시절에 미국의 래퍼 투팍 샤커를 접하고 부터다. 단순히 리듬이 좋아 흥얼거리기만 하다가, 문득 가사의 뜻이 궁금해 알아보았다. 놀랍게도 당시 사회에서 억압받던 흑인에 대한 부조리가 적나라하게 담겨 있었다. 순간 머리를 누가 한 대 쥐어박은 듯 신선한 충격이 밀려왔다.

그때부터였다.
구슬픈 노래를 진정 마음으로 느끼기 시작한 것이.
아직도 선명하게 뇌리에 박혀 있는 그의 말이 떠오른다.

내가 하는 말이 나한테 문제가 생겨도 괜찮아
그것이 우리가 해야 하는 일이라면

누군가의 머릿속에 튕긴 작은 불꽃이

언젠가 세상을 바꿀 테니까

° 투팍 샤커 1971년 6월 16일- 1996년 9월 13일, 미국

빙산의
일각

)

처음부터 구멍이 난 풍선
은 아무리 불어도 크게 커지지 않는다. 그리고 나를 비웃
기라도 하듯 금세 쪼그라든다. 이루어지지 않는 모든 일
이 다 그렇다. 차라리 부풀어 오르지나 말든가. 희망 고문
은 잔인하기 짝이 없다.

그만 포기할까 싶었다. 정말 최선을 다했기에 미련이
없었다. 한데 더 노력해보라는 말을 들었다. 축 늘어진 구
멍 난 풍선처럼 기운이 푹 빠졌다. 보이지 않는 곳에서 얼
마나 많은 땀을 흘렸는지는 당사자가 아니고서야 알지 못
한다. 그건 오로지 자신만 아는 땀방울이니까. 노력이 부
족하다는 말은 결코 틀린 말이 아니지만, 그 끝이 도통 보

이지 않아 지친 이에게는 아프기만 하다.

　우리는 어디까지나 타인을 단편적으로 볼 수밖에 없다.
얼마나 부단히 노력해왔는지, 어떤 마음으로 임해왔는지,
모든 것을 세세히 알기는 힘들다. 막상 무언가를 이루어
도, 행여 무거워 보일까 싶어 그 과정을 가볍게 말하는 것
이 대다수다. 그래서일까. 간혹 실제로 해보지도 않고서
자신도 할 수 있다며 그 정도는 쉬운 일이라 치부하는 사
람들이 있다. 경험해보지 않은 일들을 감히 가늠해서는
안 된다.

　그건 무례한 행동이며,
　누군가에게는 돌이킬 수 없는 상처가 될 수도 있다.

위로가
필요해

)

　　　　　다사다난했던 한 해가 어
김없이 지나간다. 과정이 어땠건 간에 새해라는 핑계로
자신을 위로하며 여명을 맞이한다. 어느덧 내 나이만큼
해를 맞이했다. 예전에는 거창하게 일년지계를 세웠는데,
그리 크게 변하지 않는 현실에 자꾸만 무뎌진다. 마음은
편안하지만, 또 한편으로는 착잡하다.

　아, 고통과 슬픔으로 이루어진 병의 증세는 갈수록 악
화되어만 간다. 부심한 마음을 진정시키기 위해서는 위로
라는 약이 절실하다. 표면적으로는 자신의 통증을 담담하
게 말하지만, 정말 괜찮지는 않다. 쉬이 여기는 척할 뿐이
다. 신세타령도 지친다. 진심이든 아니든 똑같은 위로의

말을 들어야 하니까. 도리어 그게 더 무의미하게 다가온
다. 이전에는 나를 위한 말 한마디에 기운을 차릴 수 있었
는데, 이제는 어지간한 약으로는 아예 듣질 않는다.

그럼에도 불구하고 위로하고 받는 일을 관둘 수가 없
다. 때론 무심코 건넨 한마디가 사람을 살리기도 하니까.
그래서일까. 요즘은 유독 어디를 가든 위안으로 삼을 만
한 응원 글귀가 덕지덕지 붙어 있다. 나도 마음이 심란할
때에 언뜻 본 글귀에 눈시울이 붉어져 한참을 바라보았던
적이 있다. 별것 아닌 한 문장이 내 마음을 울렸다. 글의
힘이 얼마나 큰지를 몸소 실감한 일이었다.

아무리 힘들어도 우리의 삶은 계속된다. 좀 더 모두 마
음의 여유가 있었다면, 이렇게 많은 위로가 필요하지도
않을 텐데, 간혹 버티는 삶을 만든 세상이 미울 때도 있
다. 그래도 절망에 빠져 나를 잃지 않기 위해, 온갖 사념
을 떨쳐내기 위해, 살아갈 힘을 얻기 위해서는 위로가 필
요하다.

그게 어떤 방법이든

익숙해질 때

자신의 마음에 생기를 불어넣을 수만 있다면야 상관
없다.

절망도
사람을
변하게 한다

☾

일말의 희망도 없는 불행
을 마주했을 때

별것 아닌 평범함이 아늑한 꿈처럼 느껴질 때

이 드넓은 세상에 새삼 나 혼자인 기분이 들 때

지켜주고 싶은데 아무런 힘이 없는 자신을 인지할 때

지독한 절망의 끝에서 분노를 느낄 때 사람은 변한다.

오랜만에 만난 우리가 어색한 이유는 너무 많이 변한
서로의 모습이 낯설어 어느 장단에 맞추어야 할지 모르기
때문이다. 예전 그때의 모습이 별로 남아 있지 않으니까.

익숙해질 때

욕망과 위험은
비례한다

)

남들보다 일찌감치 돈에 대해 관심이 많아 대학 생활을 병행하면서 전업투자자를 꿈꾸었다. 처음에 수익이 난 것이 화근이었다. 아인슈타인도 극찬했던 복리의 마법에 눈이 멀어 그만 욕망에 불을 지폈다. 급기야 주식을 담보로 대출을 하여 원금을 부풀리다가 깡통계좌가 되고 말았다.

멋모르던 당시에는 사람들의 말에 현혹되기 일쑤였다. 몇 배나 오를 거라는 말에 모두가 공감하는 분위기라 가치를 판단할 겨를도 없이 일단 사고 봤다. 정신을 차렸을 때는 이미 거금을 잃은 뒤였다.

'돈은 주조된 자유다.'

평생 빚에 시달렸던 도스토옙스키의 말이 가슴에 사뭇 다가왔다. 그제야 커져만 가는 욕망의 불씨를 큰 뚜껑으로 닫아버리고, 주식에 관한 공부를 하기 시작했다. 운이 좋게도 지금은 당장 이익보다 가치에 중점을 둔 장기투자로 원금은 회복했다. 아직도 투자하는 일에 관심이 많지만, 이전의 경험을 교훈으로 삼아 욕망에 눈이 멀지는 않았으니 마음은 편하다.

작년에는 주위에서 비트코인이 좋다며 사라고 부추겼다. 하지만 자신이 잘 알지도 못하는 곳은 투기판과 다름없기에 거들떠보지도 않았다. 실체 없는 욕망이 담긴 유혹은 나의 정신을 병들게 할 뿐이니, 언제든 감정을 다스려 사리를 분별해야 한다.

현시대에서는 달콤한 유혹일수록 한 번쯤은 의심을 해봐야 한다. 우리나라에서 한 해 발생하는 사기 건수만 해도 무려 10만 건이 넘는다고 한다. 갈수록 지능화되는 감언이설^{甘言利說}에 속아 피해를 보고 나서는 누구를 탓할 것인가. 어쨌든 그 선택을 한 사람은 결국 자신이다.

익숙해질 때

무슨 일이든 욕망이 지나칠수록 그에 따른 위험이 상
응한다는 것을 항상 인지해야 한다. 또한, 자신을 알고, 나
아가 감정을 다스리는 일에 끊임없이 정진해야 한다.

잃고 나서야
비로소 알게 된 것

)

1.

영화나 드라마는 짤막한 시간 안에 깊은 여운을 남겨
준다. 반면 기나긴 인생은 지루한 재방송의 연속이다. 나
날이 일하고, 숙식하는 것이 반복되다 보니 어언간 기계
적으로 변한다. 그사이 깊숙이 몸에 스며들어와 박힌 권
태를 빼내기 위해 신선한 자극을 준다. 한데 처음에만 효
과가 있지, 나중에는 무미건조해져서 새로운 느낌을 찾게
된다.

그러던 어느 날, 독감에 걸려 며칠을 병석에 드러누웠
다. 좀체 수그러들지 않는 감기 기운에 급기야 오한까지

들었다. 그제야 아프지 않았던 평온한 일상이 어찌나 그립던지, 아직도 잊을 수 없다.

사실상 삶에서 건강만큼 더 중요한 것이 있을까. 유베날리스는 건강한 신체에 건강한 정신이 깃든다고 말했다. 암만 정신이 강했던 사람도 몸이 아프면 정신까지 한없이 약해진다.

우리는 덕담으로 '항상 건강하세요.'라는 말을 빼먹지 않는다. 나를 비롯한 주변 사람들도 건강이 최고다. 누군가가 아픈 모습을 곁에서 지켜보는 것만치 슬픈 일은 없다. 그러다 보니 이전에는 무심코 건넸던 말이 요즈음에는 제법 감정이 담긴다.

2.
여태껏 당연하다 생각했던 것들은 잃고 나서야 소중함을 깨달았다.

좀 더 잘해줄 걸

마음을 헤아려줄 걸

그런 말을 하지 말 걸

익숙한 안온함에 권태라는 뿌연 안개가 시야를 흐린다. 정작 눈앞에 있는 귀중한 것들은 보이지 않는다. 안개가 그친 뒤에 사라졌다는 사실을 알고 나서부터 비로소 막심한 후회를 한다.

문득, 지금 내게 펼쳐진 단조로운 일상이 나쁘지 않을 수도 있다는 생각이 들었다. 어쩜 그것보다 큰 걱정거리가 없다는 뜻일 수도 있으니까.

충언역이
忠 言 逆 耳

☽

먹고 싶은 음식만 골라서 편식하듯, 듣고 싶은 말만 들어서는 안 된다. 그 순간은 즐거움을 만끽할 수 있으나, 후에는 분명 영양이 결핍되어 문제를 일으킨다. 말도 음식과 같이 각기 다른 맛과 영양소를 지니고 있다. 좋은 말이 비타민이라 치면, 뼈저린 충고는 칼슘이나 무기질이 되기도 한다. 좀 더 성숙한 삶을 살기 위해서는 일단 말도 골고루 들어봐야 한다.

몸에 좋은 약이 쓴 것처럼, 충언역이(忠言逆耳)라 하여 충직하고 바른 말은 귀에 거슬려 듣기 싫어한다. 유독 이 대목에서 삼국지에 나오는 인물 원소가 떠오른다. 한때 그는 천하를 주도할 재목이라 불릴 정도로 위세를 떨쳤지만, 조조와의 관도대전에 패해 역사의 뒤안길로 사라졌다. 분명 수적 우위에 있었음에도 불구하고, 신하의 간곡한 충언을 듣지 않은 것이 패망의 가장 큰 원인이었다.

지인의 충고도 한쪽 귀로 듣고 흘릴 것이 아니라, 조금은 마음에 되새겨볼 필요가 있다. 어떤 말이든 일단 귀를 열어 들어본 뒤에 수용할지 판단해야 한다. 손으로 귀를 막는 순간부터 자신의 틀에 갇혀 나오기가 힘들어질 테니까.

타인에게 조언을 건네는 일 역시 심사숙고해야 한다. 그만큼 마음을 전달하기가 쉽지 않다. 암만 진심에서 우러나왔다고 한들 듣는 이는 상대적일 수밖에 없다. 기분이 나쁜 지적으로 여겨 누군가는 자존심에 상처를 입을 수 있고, 그로 인해 관계에 금이 갈 수도 있다.

나는 상대가 조언을 구하지 않으면, 가능한 한 말을 아끼는 편이다. 누군가에게 조언할 자격을 갖추고 있다 생각지도 않을 뿐더러, 대체로 꺼내봤자 꺼내지 않은 것보다 못했다. 일단 상대가 나를 어떻게 바라보는지가 중요하다. 애초부터 나를 낮게 보는 이에게는 아예 말을 꺼내지 않는 편이 좋다. 상대는 듣자마자 '감히 네가 뭔데'라는 생각이 먼저 들 테니, 결과는 불 보듯 뻔하다. 조언도 그럴 수 있는 위치와 존중이 수반되어야 들어줄 확률이 높다.

인간은 본질적으로는 완벽할 수가 없다. 다들 비슷하다. 학습하는 과정을 통해 주체를 확고히 다지기에 일정 나이를 넘어서면 좋든 나쁘든 저마다의 고집이 생긴다. 그러기에 이단공단異端攻短이라 하여 자신의 결점을 돌아보지 못한 채로 타인의 잘못을 비난하는 경우가 태반이다. 하지만 우리는 그저 동시대를 살아가는 동반자일 뿐, 영원한 멘토도, 멘티도 없다.

어떤 말이 나에게 좋은 말인지 기준은 모호하다. 다만 그 마음이 진심에서 우러나왔다면, 일단 들어보는 편이 좋다.

향기가 있는 꽃은 가시 돋친 나무에 핀다는 속담처럼 진한 향이 풍기는 매혹적인 장미 같은 말은 듣기만 해도 기분이 좋지만, 흠뻑 취해 가시에 찔려 피가 날 수도 있다.

반면, 가슴을 콕콕 찌르는 듣기 거북한 날카로운 칼날 같은 말이 나를 위한 보약이 되기도 한다.

나는
나의 취향을
존중한다

)

　　　　　　　　　　　　내 삶의 온도가 뜨겁지도,
차갑지도 않고 딱 미지근했으면 좋겠다. 타들어가는 고통
도, 얼어서 부풀어 오르는 아픔도 피하고만 싶다. 인제는
그냥 적당할 정도로 딱 중간이 좋다. 맛도 마찬가지다. 쓰
지도, 달지도 않으면서 커피의 풍미는 살아 있는 시럽을
약간 넣은 아메리카노가 좋다. 지나치게 자극적이거나,
무미하지 않고 본연의 식자재 맛이 살아있는 구미가 당기
는 음식이 좋다.

　　내 삶이 넘쳐흐를 듯이 충만하지도, 기댈 곳이 벽 밖에
없을 정도로 너무 외롭지 않았으면 좋겠다. 에너지가 넘
쳐흘러 주체하지 못하는 사람보다는 편안함을 주는 이들

이 좋다. 정열적인 빨강색보다는 안온한 녹색이 좋다.

근래에 들어 식물을 키우는 재미가 쏠쏠하다. 제각기 지어놓은 이름을 화분마다 작게 적어 붙여놓았다. 뭐 그렇다고 해서 각별히 애정을 주는 것은 아니다. 무심한 듯 신경도 안 쓰다가 어쩌다 한 번씩 마음속으로 이름을 불러주며 상태를 체크한다. 그럼에도 다행히 잘 자란다. 얼마 전에는 화분이 작아 보여서 분갈이를 했는데, 제법 뿌듯했다. 소소하지만 애정을 기울일 수 있는 무언가가 있다는 것은 메마른 하루를 조금은 적실 수 있다.

내 삶에서 열정적이지는 않더라도 꾸준히 응원할 수 있는 것들이 있었으면 좋겠다. 지금껏 그 기간이 가장 긴 두가지는 영국의 프리미어리그 축구팀 첼시와 미국의 가수마룬5다. 버킷리스트로 직접 구장에 가는 것과 내한공연을 보는 것을 꼽았었는데, 모두 이루었다. 그래서인지 이전만큼 열정적이진 않지만 여전히 관심을 기울이고 있다.

사실 취향이라는 것은 언제든 변할 수도 있다. 하지만 보편적인 삶 속에 우리는 개별성을 지닌다. 시대의 변화에 따라 유행이 달라져도, 발끝부터 머리까지 자신과 똑같은 옷을 입고 있는 사람은 없는 것처럼, 비슷하게 보이지만은 제각기 다른 취향을 가진 우리다.

나는 이런 나의 취향을 존중한다.
그만큼 타인의 취향도 존중하려 한다.

세 번째

마지막이
            남기는 것들

슬픔보다
더한 슬픔

슬픔에도 정도와 깊이가 있다. 어떤 대상에게 단순히 동정을 느낄 때는 가벼이 눈물을 훔치지만, 나와 처지가 비슷해질수록 더 또렷한 감정에 몰입되어 동병상련을 느낀다. 그건 연민 그 이상이다. 자신이 겪었던 만큼 깊숙이 상대의 마음을 헤아릴 수 있으니까.

반면 무언가를 상실했을 때의 고통은 상상을 초월한다. 그 어떤 이별이든 아름답게 포장한들 야속하다 못해 참담하기까지 하다. 미처 마음의 준비를 하지 못한 채로 직면한다면 충격은 더 심하다. 꿈인지, 생시인지. 믿기 싫어 부정하고 싶고, 그저 망연할 뿐이다.

그러다 현실을 인지하는 순간 오르락내리락 기복이 심한 감정 열차에 몸을 싣게 된다. 울다가, 웃다가, 멍하기를 반복한다. 종착역은 어디인지 좀처럼 알 수가 없다. 그 애통함을 벗어나기란 여간 쉽지 않다.

정말 오랜 시간을 달려야 무연히 감정에 무뎌지는 단계가 온다. 어떻게 보면 그때가 가장 깊이 있는 슬픔이다.

슬픔에 무뎌진다는 것만큼 슬픈 것은 없다.

진정한
용기

●

얼마 전 미국 작가 허먼 멜빌의 소설 〈모비딕^{白鯨}〉을 다시
정독했다. 19세기, 출판 당시만 해도 단순한 고래잡이 이
야기라고 치부되어 크게 주목받지 못하다가, 사후에 재평
가를 받아 지금은 명작의 반열에 올라 있다. 이전에 읽었
을 때와 느낌이 사뭇 달랐다. 내가 함정근무를 하고 난 후
라 그런지 멜빌의 글에 담긴 마음과 철학이 더 깊게 다가
왔다. 그중에서 유독 몇 번이고 곱씹게 되는 구절이 하나
있었다.

*"고래를 무서워하지 않는 이는 결단코 배를 태우지 않는
다."*

"진정한 용기란 눈앞에 펼쳐진 위험을 인지하고 나서 생기는 것이다. 아울러 두려움을 모르는 이는 겁쟁이보다 더 위험하다."

무슨 일이든 용기가 앞서야 한다고 생각했던 지난날이 떠올랐다. 구태여 그런 기운을 북돋아주는 것들만 찾았다. 다행히도 멀지 않은 곳에 있었다. 어느 순간 기백으로 똘똘 뭉쳐 내 안에 있던 겁은 사라졌다. 한데 그 용기로 인해 많은 것을 잃고 아파하게 되었다. 내가 감당할 수 있는 크기가 아니었던 거였다. 어쩌면 환상에 사로잡혀 있었는지도 모른다. 책임지지 못한 막연한 용기는 결국 만용에 지나지 않았다.

이제는 덜컥 겁부터 난다. 하지만 언젠가 그걸 깨부수고 내가 책임질 수 있는 진정한 용기를 가질 수 있는 순간이 오길 바라본다.

익숙해질 때

우울에
관하여

1.

깊은 우울증에 빠진 적이 있었다. 매일 아침 닥친 현실을 마주하고 싶지 않아 눈을 뜨기 싫었다. 하루를 버텨야 하는 강박은 눈꺼풀을 더욱 무겁게 했다.

형태를 알 수 없는 슬픔이 온몸을 잠식해왔다. 가슴에 생긴 멍울이 점점 커져 목구멍까지 차올라 숨이 막혀 질식할 지경에 이르렀다. 그때마다 나를 버티게 한 건 다름 아닌 초콜릿 한 조각이었다. 거짓말처럼 온몸에 달달함이 퍼져 마음을 안정시켜주었다.

비록 초콜릿이 주는 짧은 위로가 끝나면 더 지독한 우

울함이 나를 집어삼켰지만, 나에겐 그것조차 절실했다. 주위에 속마음을 털어놓은들 다들 지나갈 거라고, 편안하게 마음을 먹으라고 같은 이야기만 들려줄 뿐이었다. 나는 그때 마지막이라는 심정으로 이야기했었는데 아무도 그 심각함을 모르는 것만 같았다.

우울증, 공황장애, 조울증, 대인기피증, 불안장애… 모든 감정의 병을 앓고 있는 이들을 사람들은 대수롭지 않게 생각한다. 당사자는 숨도 못 쉴 정도로 극도의 고통 속에서 하루를 살아가는데도 마음 안에만 감추어져 있는 병을 아무도 모른다.

2.

삼킨 슬픔은 내 마음속에 점점 무거운 비구름을 만들었다. 불현듯 비라도 내리기 시작하면 떨어지는 빗방울 수만큼 가슴이 콕콕 찌르는 듯 아팠다. 아무리 맞아도, 흠뻑 젖어도, 익숙해지기는커녕 내리는 비는 아프고 두렵기만 했다.

한번은 마음속에 새까만 먹구름이 드리우더니 폭풍이

몰아쳤다. 너무 무서웠다. 이 고통을 끝낼 수 있는 유일한 해방구이자 탈출구는 내가 세상에서 사라지는 방법뿐이라는 생각이 들었다.

주체할 수 없는 감정에 숨이 멎을 때까지 운동장을 미친 듯이 뛰었다. 심장박동은 터질 것처럼 요동쳐왔으나, 몸이 탈진해버려서 더 움직일 수가 없었다. 눈물이 핑 돌았다. 그날따라 유난히도 반짝이는 별빛을 바라볼 수가 없었다. 차마 마주할 수 없는 슬픔이었는지도 모르겠다.

그러다 무언가에 홀린 것처럼 높은 곳으로 올라갔다. 형형색색의 불빛들로 이루어진 도시가 너무나 아름다웠다. 문득 여기까지 온 나에게 너무 화가 났다. 악이 끓어올랐다. 그 순간 나약했던 마음과 방향 없이 살아온 내 모습을 모두 바닥으로 떨어뜨려버렸다. 그렇게 마음속에서 수십 번도 더 자신을 죽이고 나서야 홀가분해졌다.

3.
지나고 나서야 알았다.

자기 안에 있는 우울은

그 누구도 아닌 자신만이 마주할 수 있음을

그 누구도 아닌 자신만이 깰 수 있음을

4.

나는 우울을 사랑한다.

한데 너무 빠지지는 않으려 한다.

헤어나올 수가 없으니까.

살아가는
일

어김없이 땅거미가 진다. 형형색색 다채로운 불빛이 어슴 푸레 보이기 시작하더니, 기다렸다는 듯 눈부신 장관이 펼쳐진다. 우리나라의 야경은 유독 늦은 시각까지 아름다 운 자태를 뽐낸다. 그 이면에는 치열한 우리의 삶이 스며 있어 더 그런지도 모르겠다.

오죽하면 저녁 있는 삶을 누리는 것이 꿈이 되어버렸 을까. 좀체 끝을 알 수 없는 업무와 상사의 눈칫밥에 밥 먹듯이 야근을 한다. 하루의 유일한 해방구는 퇴근이다. 그 마음을 달래보려 술이라도 마셔보지만, 다음 날 아침 에 허무함은 배가 되어 찾아온다.

그런다고 직장을 뛰쳐나가 자기 일을 시작해본들 끊임없는 경쟁에 또 부딪혀야 한다. 뭐가 하나 잘 된다 싶으면 옆에 똑같은 가게가 생기거나 누군가가 따라 하기 부지기수다. 기업도 마찬가지다. 꾸준히 이어나가려면 끊임없이 변화를 거듭해야 한다.

시대를 탓해야 하나. 차라리 몇 백 년 전이 지금보다 좋았을까. 동이 트는 새벽에 일어나 농사를 짓다가, 해가 저물 즈음 잠자리에 들었으면 지금보다 행복했을까. 아니, 분명 그들만의 고충이 있었을 테다. 철저한 계급사회에서 오는 박탈감과 보릿고개를 걱정하고, 전쟁이라도 일어나면 피난을 가야 한다.

어쩌면 우리의 삶 자체가 처음부터 살아남는 일이 아니었을까.

작년 어느 날 술을 마시고 대리 운전기사를 불러 집으로 간 적이 있었다. 얼핏 보아 60대 남짓한 기사님이셨는데 운전을 하는 모습이 조금 서툴러 보이셨다. 내심 걱정이 되어 물어보니 자신의 오른팔이 의수義手라고 했다.

"20년 넘게 방앗간을 하다가 기계에 손을 잘못 넣어 그만 팔을 잃었어요. 그나마 한 손으로도 내가 할 수 있는 일이 운전뿐이니, 대리기사가 되기로 했죠. 어떻게든 살아가기 위해 이거라도 할 수 있음이 불행 중 다행이라 생각해요."

공연스레 죄송스러웠다. 집에 도착하기까지 이런저런 이야기를 나누었지만, 뒤숭숭한 마음은 좀처럼 가라앉지 않았다.

할 수 있는 일이 있다는 것에 감사해야 할지, 살아가기 위해서 어쩔 수 없이 일해야 한다는 것이 슬픈 건지, 두 가지 마음이 자꾸만 나를 파고들었다.

적응의
동물

사람은 적응하는 동물이라는 말이 있다. 한정된 공간에서 같은 사람들과 함께 계속 생활하다 보면, 자연스레 서로 삶의 방식까지 고스란히 물들 수밖에 없다. 그 기간이 길수록 색은 더욱 짙어져 행동이나 말에서도 베어 나오기 마련이다.

예컨대 긴장을 요하는 위험한 현장에서는 대개 강하고 투박한 말들이 오고간다. 느슨한 마음으로 작업에 임하다가, 행여 불상사가 생길까 봐 더 그럴 것이다. 그런 현장에서 일하던 친구가 하나 있다. 처음에는 그만두고 싶다는 생각만 들었다는 친구는 작업보다도 욕설 섞인 반장의 언행에 힘들어했다.

익숙해질 때

그나마 나날이 내성이 생긴다는 것에 위안을 얻어 버틸 수 있었다. 약도 계속 복용할수록 약효가 떨어지듯이, 거칠게만 느껴졌던 말도 어느새 익숙해졌다. 그사이 친구는 중요한 사실을 하나 알게 되었다. 분명 표현의 방식은 잘못되었지만, 모두 자신을 위하는 마음에서 우러나온 말이라는 것이다.

그로부터 꽤나 오랜 시간이 흐른 지금, 친구는 신입을 가르쳐야 하는 위치가 되었다. 자신이 겪었던 고충을 되돌려주고 싶지 않아, 처음에는 실수를 해도 부드럽게 타이르기만 했다. 하지만 생각처럼 되지 않았다. 어쩔 수 없이 이전에 상사가 자신에게 했던 것처럼 엄격해질 수밖에 없었다. 하지만 역시나 버티지 못하고 그만두는 경우가 태반이라고 한다.

이런 상황은 비단 그곳만의 문제가 아니다. 만날 이어지고 있는 우리 사회의 단면일지도 모른다. 오늘도 어디선가 팽팽한 줄다리가 벌어지고 있다. 한데 줄이 그리 튼튼하지 않아 강한 힘이 가해지면 언제든 끊어질 수가 있다.

단언컨대 힘 조절이 분명 필요하다.

때론 아픈 선택을
해야만 한다

영화 〈시네마 천국〉에서 노인 알프레도가 청년 토토에게 들려준 이야기가 아직도 선명하게 기억이 난다.

"토토야, 일개 왕궁의 병사가 신분 차이로 인해 감히 넘볼 수 없음에도 불구하고, 공주에게 사랑에 빠져 진심으로 고백을 했단다. 깊은 감동을 받은 그녀는 그가 100일 동안 발코니 밑에서 기다려만 준다면, 기꺼이 결혼하겠다고 말했어. 그는 일말의 망설임도 없이 발코니 밑으로 들어갔단다. 비가 내려도, 바람이 불어도, 눈이 와도 꿈쩍도 안 했지. 심지어 새가 그에게 똥을 싸도, 벌한테 쏘여도 아랑곳하지 않았단다. 기어코 그는 전신이 마비되고 탈진하는 지경에 이르렀어. 그럼에도 버티고 또 버텼지. 그러다 결국에는 99일째 밤이 찾아왔어. 하지만 그는 무슨 영문인지 일어서서 밖으로 도망가 버렸단다. 단 하루만 더 참으면 되는데 말이야."

"마지막 밤에요?"

"이유는 나도 모르니 묻지 마렴. 혹시 나중에라도 이유를 알게 되면 나에게도 가르쳐주겠니.

알프레도가 죽고 나서, 오랜 세월이 흐른 뒤에야 토토는 병사의 심정을 조금은 이해하게 되었다. 만약 100일째 되는 날 공주가 약속을 어긴다면, 병사는 가슴이 찢어질 듯 슬퍼서 견딜 수 없었을 것이다. 차라리 마지막 밤에 떠나는 쪽을 택함으로써, 공주가 영원히 그를 기억할지도 몰랐다.

내가 이 영화를 처음 본 나이도 청년 토토와 비슷한 즈음이었다. 그 당시만 해도 알프레도의 이야기는 반신반의했다. 되레 결과가 어찌 될지도 모르는데 부딪혀보지도 않고서 도망간 병사가 겁쟁이처럼 느껴졌다. 진정으로 공주를 사랑한다면 신분 따위는 초월할 수도 있다고 믿었다.

그때는 어렸던 걸까.
아니면 이제는 세상에 찌든 걸까.

지금의 나는 오랜 세월이 지난 토토와 비슷한 심정이
다. 내가 만약 병사였더라도 똑같이 도망갔을 것 같다.

이제는 안다. 우리는 살아가면서 때론 마음 아픈 선택
을 해야만 한다는 것을.

나를, 너를
그리고 서로를 위해서

그 이유가 무엇이든 간에
그 순간은 잔인하기 그지없다.

벗어날 수 없는
굴레

●

때는 초겨울, 고된 일과를 마치고 귀가하기 위해 차에 시
동을 켰다. 이윽고 액셀을 밟고 출발하려는 찰나 어디선
가 윙윙거리는 소리가 들려왔다. 반신반의한 마음으로 주
위를 휘둘러보았다. 아니나 다를까 모기 한 마리가 힘없
는 날갯짓을 하면서 나에게 다가오고 있었다. 추운 날씨
에도 불구하고 아직 살아 있다는 것이 참 놀라울 따름이
었다. 평소와 달리 차마 죽일 수가 없었다. 처절한 몸부림
이 그때의 나와 너무 흡사하여 동질감이 들었다. 물론 그
렇다 한들 피까지 내줄 수는 없었다. 휘이, 차장을 열어
바깥으로 내보내주었다. 분명 추위를 버티다 못해 얼마
못 가 죽을 게 뻔했다.

익숙해질 때

모기는 암컷만 피를 빨아 먹는다. 이는 생존과 직결되는 것이 아니라, 알을 낳아 종족 번식을 하기 위해서다. 군이 흡혈 활동을 하지 않아도 되는데, 죽음을 불사하고 달려드는 모기의 생이 나를 숙연케 한다. 유충일 때를 합하여 수명은 고작 두어 달 정도밖에 되지 않는데, 인간만큼이나 치열하게 살다가 간다.

안타깝게도 거스를 수 없는 운명인지도 모른다. 태초부터 정해져 있기에 삶의 굴레를 크게 벗어날 수가 없다. 그건 우리도 매한가지다. 초인이 아닌 이상 겸허히 받아들이는 편이 낫다. 그걸 깨부수려 할수록 한계에 부닥쳐 삶이 고달파지니까.

그저 그 안에서
내가 할 수 있을 만큼 최선을 다할 뿐이다.

달빛

태양은 자신을 의지하고 맴도는 행성들을 보살펴준다. 그
중 하나인 지구에서 유독 손길을 절실히 기다리는 이들
이 많다. 마음 같아서는 다잡아주고 싶은데, 둥그런 모양
때문에 빛을 반밖에 비추지 못했다. 궁여지책으로 지구를
일정한 속도로 자전시키니 두루두루 빛을 줄 수 있게 되
었다.

오늘도 어김없이 낮과 밤이 반복된다. 태초의 시작이
언제였는지, 끝은 언제인지는 알 수 없다. 다만 우리는 덧
없는 삶에 시간이라는 의미를 부여했다. 하루가 이틀이
되고, 한 달이 두 달이 되고, 일 년이 이 년이 된다. 한없이
무한한 이 시간의 끝은 누구도 답을 알지 못한다. 구태여

찾아보려 애써봤자 머리만 아플 뿐이다. 그저 내가 헤아릴 수 있는 시간 안에서 살아가는 일이 고작이다.

때론 지구에서 태양을 마주할 시간을 기다리는 내 처지가 처량하다. 차라리 태양에 살았으면 좋았을까 생각해보지만 아마 열을 이겨내지 못해 형체도 없이 녹아버렸을 테다. 암만 강한 척해도 타고난 나약함은 바꿀 수가 없는 것이 현실이다. 그럼에도 불행 중 다행인 일이 하나 있다. 우리가 맞이하는 밤이 완전히 어둡지는 않다는 것. 지구를 맴도는 달이 태양으로부터 빛을 받아 반짝이기 때문이다. 비록 모양은 제각기 다를지라도, 어둠 속에서 일말의 위안을 받는다.

유독 그믐달이나, 초승달을 볼 때 마음이 가장 뭉클하다.
어떻게든 어두운 세상을 밝혀보려 발악하는 것만 같아서.

생각대로 잘
살아지지가 않는다

생각대로 잘 살아지지가 않는다. 장밋빛으로 나날을 꿈꾸었건만, 삭막한 황야에서 자꾸만 길을 잃어가는 기분이다. 누가 그랬다. 우리의 삶은 할 수 없다는 것을 인정하는 과정의 연속이라고.

믿고 싶지 않았지만, 초조함은 나날이 더해만 갔다. 엇나가버린 오늘과 불안으로 뒤덮인 내일로 인해, 그간 믿음이 송두리째 무너져버려 이제는 간절하다 못해 절박할 지경이다.

황야에 터를 잡고 사는 사람들이 이리오라며 나에게 손짓했다. 풍운風雲이 찾아오지 않는 한, 어차피 이러나저

익숙해질 때

러나 이곳을 벗어날 수 없으니, 길을 찾는 일을 그만 포기
하라고.

일리가 있는 말이었다. 분명 여기에 정착해서 안주하는
삶이 마음은 평안할 테다. 한동안 기운이 빠져 서슴거리
다 고심 끝에 다시 일어섰다.

정 안 되면 그만하면 된다.
하지만 누군가의 권유로 그만두기보다는
정말 내가 지쳤을 때 포기하고 싶다.

'이 길이 아니다'
싶으면 뒤돌아보지 않고 떠나야 하고,

'내가 갈 길이다'
싶으면 갈 길을 가면 되는 거다.

나의 의지는 아무도 꺾을 수가 없다.

이중
잣대

이중 잣대는 모든 갈등의 주된 요인이다. 16세기 철학자 몽테뉴의 수상록에서 보았던 구절이 어렴풋이 떠오른다. 그는 개개인은 멸시하면서 집단을 존경하는 일은 정말 어리석기 짝이 없다고 말했는데, 지금도 별반 다를 바 없다.

공공의 이익을 위해 희생을 감수하라지만, 정작 우리 집 앞은 안 된다. 부단히 노력하여 스펙을 쌓고 입사 면접을 본들, 어떤 이는 낙하산을 타고 먼저 들어간다. 내 자식은 귀한데, 남의 자식은 귀한 줄 모른다. 누구는 되고, 누구는 안 된다. 타인에게는 엄격하면서 자신에게는 참관대하다.

분명 전보다는 살기 좋아진 세상인데

사람들이 분노에 가득 찬 이유는

이 세상의 부조리를 너무 많이 알아버려서가 아닐까.

아집과
고집

옹고집, 황소고집, 외고집, 쇠고집, 고집불통…….

고집이 센 사람을 비유하는 단어가 참 많다. 저마다의
색깔이 다를 수밖에 없기에 그만큼 많은 의견이 충돌한
다. 대개 두 가지 성향으로 나뉜다. 논리정연하게 주관을
뚜렷하게 표현할 수 있는 사람과 무조건 억지로 우기기
만 하는 아집이 센 사람이다. 후자를 상대해야 할 때는 정
말 골치가 아프다. 대화하면 할수록 지쳐만 가니 웬만해
선 별로 그들과 대면하고 싶지 않다. 한데 계속 관계를 유
지해야 하는 사람이라면, 어느 정도의 타협점을 찾아야만
한다.

익숙해질 때

이런 경우에는 헤겔의 대화기술 변증법이 도움이 된다. 의견이 상반되는 서로가 자신의 주장을 뒷받침하는 논리적인 근거를 문답식으로 주고받아 가장 가까운 해결책에 도달하는 방법이다. 이때 자신의 주장을 관철하려 일방적으로 발언해서는 안 된다.

우리의 세상에는 진리가 없다. 무수한 세월 동안 참이라 믿고 있었던 많은 것들이 수없이 깨져왔다. 예컨대 16세기 지동설을 주장한 갈릴레오 갈릴레이는 낭설을 퍼뜨렸다는 빌미로 재판을 받았다. 그는 풀려나기 위해 궁여지책으로 지구는 둥글지 않다는 거짓말을 하고 나서야 위기를 모면했다. 지금은 어떤가. 항해를 떠난 마젤란 일행이 지동설을 증명하고부터는 그 누구도 이론을 믿어 의심치 않는다. 한데 머나먼 미래에는 이 사실도 충분히 뒤바뀔 수 있는 여지가 있기에, 결국 어떠한 것도 100퍼센트 옳다고 호언장담할 수는 없다.

갈릴레이는 우리는 누군가에게 어떠한 것도 가르칠 수는 없지만, 그 사람이 자기 안에서 무언가를 찾을 수 있도록 도와줄 수는 있다고 말했다. 구구절절 와닿았다. 지금껏 나는 습득을 목적으로 한 가르침만 받아왔다. 누구 하나 다른 답이 있을 거라는 가능성을 귀띔해주는 이도 없었다. 어쩌면 그렇게 믿어 의심치 않았기에 나의 주장이 타인의 눈에 고집처럼 보인 적은 없었을까. 참 많은 생각이 들었다.

물론 예외로 모든 책임을 내가 져야 하는 일에는 그만한 소신이 필요하다. 하지만 지나친 고집은 나와 타인과의 사이에 큰 장벽을 만들 뿐이니, 늘 수용하는 자세를 가지고 대화를 통해 풀어야겠다.

자각
白覺

나는 누구인가.

너는 누구인가.

우리는 누구인가.

　처세가 능해질수록 자의식은 옅어지고, 가장 원초적인 물음에 나만의 답을 잃고 만다. 사회라는 울타리 안에 있는 내가 아닌 본연의 내 모습이 무엇인지 알 수 없다.

　우리는 점점 포세이돈의 수하였던 프로테우스 인간이 되어간다. 예언 능력이 뛰어난 그는 자신을 찾아오는 이들을 몹시 싫어해 여러 가지 모습으로 변신해 도망가기 일쑤였다.

지금이라고 크게 다를 건 없다. 다변하는 사회와 조직 속에서 살아남기 위해서는 변신을 거듭해야 한다. 그 속에서 가면은 두꺼워지고 고독은 짙어만 간다.

문득 적막한 방 안에서 거울 속의 내 모습을 바라보았다. 너무 낯설어 좀처럼 받아들이기가 힘들었다. 그래도 데카르트의《방법서설》을 읽고 나서 조금은 위안을 얻었다.

그중 도덕격률에 나오는 대목이다.

운명보다는 나를 이기려 부단히 노력하고,
세상보다는 나의 욕망을 바꾸려고 노력하자.

카타르시스

어릴 적에는 작은 일에도 이불을 뒤집어쓰고 우는 울보였다. 한데 나도 무뎌진 건지, 언제부터인가 아무리 슬퍼도 눈물이 나오지 않았다. 마지막으로 울어본 것이 언제였는지 아득하다.

그러다 한 달간 바다에 있다가 혼자 살던 원룸으로 돌아왔던 적이 있었다. 바깥은 추운데 오랫동안 집을 비운 탓인지 한기가 가득했다. 적적한 방 안의 공기도 너무 무거워 숨을 쉬기가 힘들었다. 하는 수 없이 TV를 켰다. 귓전으로 들려오는 코미디 프로의 웃음소리가 그나마 조금이라도 의식을 말갛게 해주었다.

그 와중에 허기가 졌다. 주방을 이리저리 뒤척이다 하나 남은 라면이 있었다. 얼른 끓여내 뜨거운 연기를 후후 불어가며 면발을 목구멍으로 넘기려 하는데 이상하게 맛이 짰다. 참았던 감정에 눈물을 터뜨리고 만 것이다.

사실 배를 타기 직전 연인과 이별을 했다. 줄곧 아무렇지 않았던 것만 같았는데, 괜찮은 척을 하고 있었던 것이었다. 소리 내어 펑펑 울었다.

얼마나 울었을까. 요동치던 마음도 이내 가라앉았다. 눈앞에 식어버린 라면을 꾸역꾸역 마저 먹고선, 시끄러운 TV를 꺼버렸다.

딱 거기까지였다.
그 후로 그 이별 때문에 슬퍼하지 않았으니까.

희망과 절망의
허상

●

한때는 나도 그랬다. 주변에 있는 모든 사물에 사랑과 아름다움을 대입하여 희망을 이야기했다. 눈앞의 짙은 어둠 또한 더 밝고 눈부신 여명을 맞이하기 위한 과정이라 믿었으니까.

하지만 다 그렇지는 않았다. 천신만고 끝에 가버리는 사람도 있고, 고생 끝에 기껏 좋아졌다 싶었는데 또다시 고초가 몰려오는 사람도 있었다. 애초부터 한 치 앞을 내다볼 수 없는 삶이라 고생 끝에 낙이 온다는 공식자체가 성립하지 않는다.

희망, 희망,

그래도 희망.

때로는 이 단어가 사람을 더 깊은 절망으로 빠뜨린다. 모두가 절망의 구렁텅이에서 희망을 품었는데, 절반 이상이 깊은 절망 속으로 빠진다면,

그래도 희망일까?

고통은 인간의 숙명일지도 모른다. 그 사이에 일어나는 희망과 절망은 우리의 시점에서 만들어낸 허상에 불과하다.

한동안 깊은 고민에 빠졌다.
희망을 품을지, 절망을 품을지, 아무리 생각해도 답이 나오지가 않았다.

다음 생엔 고통이 없는 유토피아에서 살고 싶다. 느낄 수 없으니 그런 감정이 어떤 건지 알 수도 없을 것이다.
절망을 희망으로 포장하는 일도 없고, 이런 고민 자체가 무용한 곳, 유토피아를 꿈꾼다.

색깔이 없는 것도
색깔

누군가 물었다.

　너의 색깔이 뭐냐고.

　나는 답했다.

　색깔이 없는 것이 나의 색깔이라고.

　요즘에는 읽기 쉽게 짤막한 글귀들로 가득 채운 책이 대중의 인기를 얻어 베스트셀러로 등극하고 있다. 시 한 소절에 밤을 지새우며 고심하는 문학인에게는 미안할 일이 아닐 수 없다. 하지만 급변하는 시대에 맞춰 문화 컨텐츠를 소비하는 풍조도 바뀌고 있다. 무엇이 옳고 그를지는 필자와 독자 개개인이 판단할 몫이다.

그간 소설만 고집하던 나도 SNS를 시작하면서 새로운 장르에 도전했다. 어떤 이는 나에게 조언했다. 유행은 비와 같아서 언젠가는 그칠 테니, 자칫 자신의 색깔마저 잃을 수 있다고. 틀린 말은 아니었다. 그렇지만 처음부터 내게 색깔이라는 것이 있었던가. 그저 10년간 세 편의 장르소설을 쓰다가 말은 것이 고작이다. 어디까지나 자기만족이었다.

하지만 문제는 생업을 본격적으로 시작하고부터 찾아왔다. 고단함에 여유를 가질 틈도 없는 일상이 지속되었고, 그사이 생긴 공허함은 쉽사리 가라앉지 않았다. 숨을 쉬어도 살아 있는 기분이 들지 않았다. 사뭇 글이 너무 쓰고 싶었다. 소설이든, 에세이든, 시든, 상관없었다.

지극히 주관적인 나의 글에 거부감을 느끼는 이도 분명히 있다. 그런 이에게 당신과 나는 그저 다른 사람일 뿐이라고 말해주고 싶다. 한 사람도 빠짐없이 모두가 원하고 공감하는 작품은 세상에 어디에도 없다.

작가. 누구나 될 수 있으나, 그만큼 어려운 길이다. 진정한 작가란 생의 그 무게를 짊어지고 살 수 있어야 한다고 생각한다.

하지만 지금의 나는, 사실 그럴 자신이 없다. 내가 마주한 현실 앞에서 아무도 알아주지 않는 글을 쓸 수만은 없는 노릇이다. 30대가 넘어 경제활동을 하지 않고, 오로지자신의 꿈만 좇기란 어렵다. 또한 곁에 있는 사람에게는이기적으로 보일 수밖에 없다. 궁색한 변명으로 들릴지도모르지만, 솔직한 심정이다.

그래서일까.
최근 작가라 불러주는 독자는 늘었지만,
이상하게 자격지심은 무거워만 진다.

그럼에도 언젠가 진정 마음에서
내가 나를 작가로 인정할 수 있는 날이 오길 바라본다.

나르시시즘

1.

　신화 속 나르키소스는 눈부시게 아름다워서 많은 이에게 구애를 받았다. 한데 누구에게도 마음을 허락해주지 않았다. 심지어 모욕을 주어 상처를 입히기까지 했다. 그를 사랑한 숲의 요정 에코는 실연을 당한 아픔을 견딜 수 없어 육신은 사라지고 목소리만 남게 되었고, 또 다른 요정은 그 마음이 분노로 변해 하늘에 대고 그에게 저주를 퍼부었다.

　운명의 장난이었을까. 복수의 여신 네메시스는 나르키소스에게 자기 자신을 사랑하게 되는 이상한 벌을 내렸다. 결국 그는 호수에 비친 자신의 모습에 홀딱 취해 그

자리에서 죽고 만다. 마지막까지 곁을 지켜주는 사람은 에코뿐이었다.

문득, 그림자처럼 그를 따라다니다 모든 것을 잃고도 변하지 않은 그녀의 마음이 너무 애처로웠다. 무엇보다 슬픈 일은 자기애에 취한 나르키소스는 미처 그녀를 볼 수 없었다는 것이다.

이 이야기를 알고부터 메아리가 울려 퍼질 때면 그 소리가 구슬프게 들린다. 마치 에코의 목소리처럼.

이 세상에는 조건 없이 누군가의 곁을 묵묵히 지키는 이가 많다. 만약 사랑의 크기가 잴 수 있다면야, 그 사람을 위해 얼마나 희생할 수 있는지가 아닐까. 그 마음을 상대가 끝까지 알지 못할지라도.

2.

'자신을 사랑하라.'

지나친 자기애^{自己愛}로 타인에게 피해를 주지만 않는다면 정말 좋은 말이다.

오늘날의 시대에도 나르키소스처럼 자신에 취한 사람이 있다. 노상 주인공이 되어야 한다고 착각한다. 주목받기 위해 모임에 일부러 늦게 온다든가, 대화도 자신을 중심으로 한 화젯거리를 유도한다. 하물며 관심을 없거나 맞장구쳐주지 않으면 시큰둥해한다.

또한 여럿이 찍은 사진도 단연 자기가 돋보이는 것만 SNS에 올린다. 상대방의 입장에서는 이상하게 찍힌 모습을 봐야 하니 불쾌하기 십상이다. 모두가 평균적으로 잘 나온 사진을 고르면 좋을 텐데, 상대적으로 타인에 대한 공감 능력까지 결여되어 있다.

우리의 인생은 제각기 한 편의 영화다. 세상에 얼마나 수많은 필름이 있는지 헤아릴 수도 없다. 내 인생의 주인공은 나지만, 타인의 인생에서는 주인공은 내가 아니라 그 사람이다. 나는 주연이 되기도, 누군가를 빛내주는 조연이 되기도 한다. 지나친 나르시시즘에 도취하여 너무 자신의 작품에 몰입하지 말고, 이왕이면 상대를 더 빛나게 해줄 수 있는 조연도 되어보자.

그렇게 서로를 배려할수록 모두가 만드는 영화의 완성도가 높아질 것이다.

내 마음은 슬픔에 젖어

  금세라도 폭풍우가 몰아칠 것만 같은데

  하늘은 그야말로 쾌청하기 그지없다

  내 마음은 기쁨에 젖어

  산들바람이 살랑살랑 불어올 것만 같은데

  하늘은 그야말로 먹구름이 가득하다

  하늘아, 하늘아

  너는 내게 왜 이리도 야속하기만 하니

  그럼에도 불구하고

나는 너를 싫어할 수가 없단다

열 번 중에 한 번은
내 마음을 알아주니까

늘 무정하기만 하던 너였어도
정작 내가 숨통이 막혀
질식하고픈 어느 날

그걸 알고 무지개를 띄워주더라

나를 향한
선물

모처럼 집안을 구석구석 대청소했다. 청소가 끝날 무렵
분리수거를 할 겸 종이들을 모으다가 작년에 샀던 가계부
를 발견했다. 두 달 남짓한 분량이 적혀 있었는데 스르륵
펼쳐보니 마지막 페이지가 인상적이었다. 마지막 페이지
의 지출 금액이 첫 페이지부터 적혀 있는 지출 내역의 합
보다 더 컸던 것이다.

그날은 분기에 한 번 꼴로 값비싼 물건을 하나씩 사는
날이었다. 가끔 주변에서 그런 물건을 사기보다는 내면을
가꾸라는 핀잔을 주기도 하지만, 크게 개의치 않는다. 나
에게는 그만한 가치가 있는 일이기 때문이다.

누구나 열심히 성취한 결과를 보상받고 싶은 심리가 있다. 그간 노력한 결과를 어떠한 형태로든 보상받지 못한다면, 허탈함에 기운이 빠질 수밖에 없다.

그래서 나는 나에게 가끔씩 선물을 한다.
잘 살아가고 있다는 뜻으로.
더 잘 살아가자는 뜻으로.

긍정과
부정의
배신

●

세 모녀가 생활고에 시달리다가 번개탄을 피워 자살했다
는 뉴스를 접했다. 죄송하다는 말과 함께 집세와 공과금으
로 70만 원을 놔뒀다고 한다. 일면식도 전혀 없는 타인인데
이상하게 너무나도 슬펐다. 심지어 세상에 빚을 지기 싫다
며 공과금도 착실히 내어왔다고 한다. 삶이란 왜 이리도
평등하지 못한 것일까. 왜 사람마다 고달픔의 무게가 다른
것일까. 비단 마음가짐의 문제는 아니라고 본다.

긍정이든 부정이든 그 마음이 강하면 강할수록 이루어
지지 못했을 시 배신감은 배로 다가온다. 돌이켜보면 긍
정은 늘 그랬듯 나를 배신하는 일이 많았고, 그렇다고 해
서 완전한 부정도 없었다. 솔직히 나도 어떤 마음가짐으

익숙해질 때

로 살아야 하는지 간혹 헷갈린다. 한데 타인에게 강요하고 싶거나, 받고 싶지도 않다.

우리 주변에서 노상 긍정에 취해 실체 없는 이상에 목메는 사람과, 매사에 부정적으로 가득한 비관론자를 쉽게 만날 수 있다. 혼자서 그리 생각하며 살면 문제가 되지 않는데, 구태여 그걸 주변에 표출하여 분위기를 물들게 한다.

나는 이렇게 해서 행복하니까
너도 이렇게 행복해지면 좋겠어.

나는 이렇게 해서 불행하니까
너도 결국에는 불행해질 수밖에 없어.

행복한 이는 불행이라는 단어에 거부반응을 느끼고, 절망의 늪에 빠진 이는 행복이라는 단어가 아플 수밖에 없다. 자기가 편한 대로 생각하되 굳이 남에게 강요할 필요는 없다.

마음이라는 것은 절대로 쉽게 바뀌지 않는다.

피차 힘들 뿐이다.

착하지 않은
세상

친구 E는 깜깜무소식이던 지인에게서 8년 만에 연락을 받았다. 거두절미하고 이혼 후에 빚 독촉에 시달리면서 딸을 키우다 보니, 급하게 생활비가 부족하다며 돈을 빌려달라는 연락이었다. 친구는 사연이 너무 안타까워 꽤 큰돈을 선뜻 빌려주었다.

솔직히 받을 수 있을 거라는 기대는 없었지만, 갚기로 한 날에 아무런 연락도 오지 않아 마음이 씁쓸했다고 한다. 그러던 어느 날, 염치없이 또다시 급전이 필요하다며 전화가 왔다. 사정은 둘째 치고, 필요할 때만 다급하게 찾는 것이 너무 속 보여서 E는 단호하게 거절했다. 남 일 같지 않았다. 평소에는 뜸하다가, 돈을 빌릴 때만 연락하는 이가 한두 명쯤은 있으니까.

　많은 사람들이 돈은 행복의 우선순위가 아니라고들 말한다. 티끌 모아 티끌일지도 모르지만, 막상 그 티끌도 없으면 사람이 구차해지는 건 한순간이다. 아무리 친한 사이일지라도 채무 관계로 변하는 순간부터는 달라지기 마련이다. 누군가에게 돈을 빌려줄 때는 갚지 않아도 좋을 정도로만 준다고 생각하는 편이 낫다. 그것이 서로의 관계를 상하지 않게 하는 길이다.

　요즘 세상에서는 '착하다'라는 말은 결코 좋은 뜻이 아니다. 빚보증으로 인해 한 가정이 풍비박산이 나서 가족이 뿔뿔이 흩어져 힘들게 살아가는 것이 예삿일이다. 선의를 베푼 일이 자신을 비롯하여 주변 사람마저 피해를 입힌다.

　언제부터인가 착하고 순진한 사람은 살기 힘든 세상이 되어버렸다. 자기 자신을 지키기 위해서는 조금은 냉정해질 필요가 있다.

무작정 착한 사람보다는 차라리 누군가에게 적당히 필
요한 사람이 나을지도 모른다.

쌓이는

관계

●

애써 계속 져주는 일이 꼭 이기는 것만은 아니다. 도리어
고마움을 망각하기에 십상이다. 연인 관계에서도 이런 경
우가 비일비재하니, 뭐든지 적당해야 한다. 내가 양보하
는 마음에 호의를 베푸는 것을 상대방이 인지상정으로 당
연시 여긴다면, 그 관계는 분명 문제가 있다.

　우리의 마음은 활화산과 같다. 억누른 화는 높은 열
을 발생시켜 마그마를 만든다. 높이가 어떻든 점차 쌓이
다 보면, 언젠가 용암이 넘쳐흐르기 마련이다. 그러다 거
대한 폭발이라도 일어나는 날에는 무슨 일이 벌어질지 종
잡을 수가 없다. 평상시 차분하던 사람이 화를 낼 때에 더
무서운 것처럼, 쌓인 감정을 단번에 표출하는 일은 관계

　　　　　　　　　　　　　　익숙해질 때

를 파국으로 치닫게 할지도 모른다. 그때그때 솔직히 자신의 생각이나 감정을 표현하는 편이 낫다.

학창시절부터 가깝게 지내는 죽마고우가 있다. 워낙 함께한 기간이 길다 보니 가족처럼 느껴질 때도 많다. 서로 마음속에 응어리를 만드는 편이 아니다 보니, 티격태격 불만을 다 말해야 직성이 풀린다. 성향이 다르기에 크고 작은 불만들이 많은 건지도 모르겠다. 그럼에도 불구하고 우리의 관계를 오랫동안 끈끈하게 유지시켜 주는 건, 다름 아닌 숱한 세월을 함께해온 의리다.

멀어질 사이였다면, 진작 멀어졌을 테니까.

슬픔은
영혼을 잠식한다

좀체 끝자락이 보이지 않는 슬픔은 닿기만 해도 눈시울이 붉어져 마주하기가 쉽지 않다. 짙은 우울로 가득 메워진 공간, 너무 탁한 공기가 갑갑하여 밖으로만 나가고 싶다.

아프지 않아도 병실에만 가면 왠지 모를 무거운 공기에 짓눌리는 것처럼, 우울한 음악을 자꾸만 들으면 애수에 잠기는 것처럼, 소설 속 로테와 사랑을 이루지 못한 베르테르가 실의에 빠져 극단적 선택을 한 일을 당시 수많은 독자들이 따라했던 것처럼, 부정적인 감정은 감기처럼 전염성이 강해 면역이 약할 때 온몸을 잠식해온다.

그렇다고 해서 꼭 부정적인 감정만 전염되는 것은 아

익숙해질 때

니다. 코미디 프로를 보다가 아무 생각 없이 배꼽을 잡고 웃는 것처럼, 티 없이 해맑은 아기의 웃음에 저절로 내 입가에 미소가 지어지는 것처럼, 흥겨운 음악을 듣다 덩달아 신이 나는 것처럼, 기쁨 역시 받아들일 준비만 되어있다면야 언제든 맞이할 수 있다.

긍정적으로 사는 삶이 옳은지, 우울감에 취해 사는 삶이 옳은지 정답은 없다. 그렇기에 자신과 맞지 않는다는 이유로 타인을 나무라서는 안 된다. 나는 이 두 가지 감정을 필요한 만큼 받아들이려고 한다.

마음을 양팔저울이라고 치자. 슬픔의 추를 담은 한쪽이 무거워 바닥에 닿을 듯 기울어 있는 위태위태한 형상이라면, 나는 끊임없이 저울을 들어 올리기 위해 반대편 저울의 추를 찾을 것이다. 어쩌면 그 일이 가장 중요할지도 모른다. 그래야 내 삶이 슬픔에 잠식당하지 않을 테니까.

혼자인 시간이
필요해

일본 생활을 정리하고 한국으로 돌아올 준비를 할 때, 머릿속이 꽤나 복잡했다. 앞으로 무엇을 할지, 삶의 가운데에 어떤 가치를 두어야 할지 갈피를 잡을 수 없었기 때문이다. 고민을 떨쳐보려 애써 지인들을 만나 겉도는 이야기들을 쏟아내도 횡한 마음은 커져만 갔다. 홀로 번뇌하는 시간은 길어졌고, 급기야 집 밖으로 나가는 일조차 싫어졌다.

그러던 어느 날, 교토의 단풍이 절정에 이르렀다는 소식을 들었다. 무언가에 홀린 듯, 웬지 그곳에 가면 답을 찾을 수 있을 것만 같았다. 후쿠오카에 있던 나는 일말의 망설임도 없이 오사카행 야간 버스에 몸을 실었다.

어둠 속에 펼쳐지는 낯선 풍경과 희미한 불빛. 그리고 그 사이로 차장에 비치는 내 모습이 너무 고독해 보였다. 커튼을 쳤다. 차창에 비친 나를 보고 싶지 않았다. 헤드폰을 꺼내 잔잔한 음악을 들으며 잠을 청했다. 문득 지난날의 내 모습이 파노라마처럼 머릿속을 스쳤다. 어쩌다 여기까지 왔을까. 나에게 질문해도 답을 할 수 없었다.

다음 날, 교토에 도착한 나는 철학의 길을 걸었다. 울긋불긋한 단풍과 가을바람에 흩날리는 낙엽의 공존은 그야말로 장관이었다. 그리고 꼭 나를 보는 것 같았다. 세상 안에 속해 있는 나, 본연의 온전한 나. 진정한 나를 완성하기 위해서는 두 개의 내가 공생할 시간이 필요하다는 것을 깨달았다.

사실 그곳에서도 이렇다 할 답을 찾은 것은 아니다. 다만 또 다른 나를 마주하는 시간을 가질 수 있었기에 고민을 조금은 덜 수 있었고, 그게 큰 힘이 되어주었다. 내가 언젠가 또 무너질 때, 그때까지 버틸 힘이 생겼으니 그걸로 됐다.

누구와도 연락하지 않고, 그저 멍하게 있어도 좋다. 책이나 영화에 빠져 감정에 취해도 좋다. 잔잔한 음악을 들으며 조용히 명상을 해도 좋다. 자신을 돌아보는 시간을 가지는 것도 좋다. 배낭을 메고 아무도 모르는 새로운 곳으로 떠나도 좋다. 내면에 있는 온전한 나를 마주할 수만 있다면, 분명 더 나은 내일을 맞이할 수 있다.

익숙해질 때

저마다의 언어,
저마다의 가치

생각이 많아 곧잘 상념에 잠기곤 한다. 글을 쓰면서 영감을 받는 시간은 주로 혼자 있을 때다. 음악을 듣거나, 운전하거나, 심지어 누워서 잠들기 전까지도 멈추지 않는다. 그렇게 생각의 물꼬를 틀다 무언가 딱 떠오르는 순간 재빠르게 메모를 한다. 얼추 적은 단어와 문장이 여러 개 모여야 비로소 하나의 글이 된다.

이런 일련의 과정이 좋다. 생각을 그저 마음속에 묻어버리는 것이 아니라, 사색을 통한 깨달음을 글이라는 수단으로 표출할 수 있어서다. 그렇지 않으면 사유思惟의 시간이 나에게 무의미해질 테다.

어쩌면 이 모든 것을 가능케 한 것은 언어일지도 모른다. 인류의 근간이 된다고 말해도 과언이 아닐 정도니 경이롭기까지 하다. 이 사회에서 살아가기 위해서 유아기부터 말을 익힌 다음에 사고하는 법을 배워야만 한다. 그래야 자신의 관념을 드러내어, 감정을 교류할 수 있다. 소통의 통로인 셈이다.

문득, 언어가 먼저인지, 사고思考가 먼저인지 궁금해져 찾아보았다. 학계에서도 의견이 분분한지라 답을 알 수는 없었지만, 철학자 하이데거의 '언어는 존재의 집이다'라는 말이 너무 인상 깊었다. 단순 소통을 중심으로 하는 사회적 기능을 넘어서, 언어가 인간을 사유한다니. 줄곧 인간이 언어를 사유한다고 생각한 내게는 상당한 충격이 아닐 수 없었다. 물론 이것이 진리는 아닐 수도 있다.

우리는 제각기 구사하는 언어의 체계는 비슷하지만, 그 속에 담긴 관념의 색깔은 십인십색이다. 어떤 이는 세상에 대한 불신으로 자신이 만든 세계에 분노와 함께 갇혀 있다. 그 테두리를 벗어나려는 노력은 없고, 오로지 공격적인 단어로 욕지거리를 한다. 적어도 나라는 집에 언어가 머무는 동안은 무한성을 인정하여 배움의 정진을 게을리 하지 않아야 한다. 아는 단어가 많아져야 사고의 폭도 넓어져, 틀에 쉽게 갇히지 않는다.

간혹 사회에서도 지나치게 틀에 얽매이는 사람들을 접한다. 기본적인 규범은 지키는 것이 당연지사지만, 너무 얽매이다 보면 정작 중요한 것을 놓치고 만다. 이를 글에서도 찾아볼 수 있다. 보고서나 공문을 작성할 시 요점만 간략히 적으면 될 것을 서론, 본론, 결론까지 나누어 형식을 갖추게 하는 일에 많은 시간을 소모한다.

시도 마찬가지다. 감정이 담기지 않으면, 그저 표현기교가 뛰어난 것뿐인데, 내재율, 외형률, 각운, 수미상관법 등 운율을 따져가며 평가한다. 이전에 한글을 처음 배운 80대 할머니의 시를 본 적이 있었다. 먼저 가신 어머니를 그리워하는 내용이었다. 삐뚤삐뚤한 글씨로 맞춤법도 맞지 않았는데, 읽자마자 눈물이 핑 돌았다. 도리어 그런 서툴음이 내 감정에 더 와닿았다.

누가 감히 이 시를 폄하할 수 있을까. 그때부터 나도 형식에 너무 크게 구애받지 않기로 했다. 오히려 그 시간에 글을 하나라도 더 적고 싶다. 누군가는 내 글을 두고 예술적 가치도 없고, 기교가 딸린 잡스러운 글이라고 말할지 모른다. 한데 잡문이면 어떠리. 누군가가 나의 글을 읽고 감정이 스민다면, 그걸로 족하다.

틀을 깼다고 해서 무조건 형식을 어기는 것이 아니다. 우리는 저마다의 언어가 있고, 저마다의 가치가 있다. 새하얀 백지에 적은 글은 내 모습을 비춰주는 거울이다. 그것이 어떤 수사법이든 그 순간의 감정이 온전히 담겨 있다. 화가가 부단히 자화상을 그려가며 자신을 표현하듯, 나 역시 끊임없이 글로 자신을 표현할 것이다.

두께가
다른 마음

폐업한 가게의 철거작업을 도왔다. 일이 꽤 진행되었을 무렵 폐유리를 한쪽 모퉁이에 모았다. 그중 강화유리는 딴딴하고 무거웠다. 마치 대리석과 흡사했다. 절대 깨지지 않을 것처럼 보였는데, 찰나의 실수로 바닥에 떨어뜨리자 설탕 가루처럼 산산이 조각이 났다.

불현듯 사람의 마음도 유리와 같다는 생각이 들었다. 제아무리 강해도 깨지지 않는 유리는 없으니.

우리는 마주하는 상대 앞에 유리벽을 하나씩 만들어두고 있다. 얼마나 견고할지는 저마다 다르다. 약한 이는 스치듯 건네는 가벼운 말에도 충격을 받아 금이 가기도 한다. 도로 되돌릴 방법은 시간을 역행하는 것뿐이니, 사실상 불가능에 가깝다. 살짝 금 간 것 정도는 괜찮다며 그저 버티기도 한다. 어쩔 땐 서서히 깨져가는 편이 좋은 점도 있다. 완전히 악살박살나기 전에 피하면 된다. 한데, 꼭 다 그렇지만은 않다. 너무 얇은 유리는 금이 가는 신호도 없이 그대로 깨질 수 있다.

나는 나름대로 견고한 강화유리에 가까웠다. 어지간해선 쉽게 금이 가지 않아 깨진다는 사실조차 잊고 지냈다. 그러던 어느 날, 엄청나게 강하게 가해진 힘에 산산조각이 났다. 미처 마음의 준비를 하지 못했었다. 너무도 허망해서 한참을 망연자실하였다. 아름답게 반짝거리는 유릿가루를 어루만지다가 손을 베이고 나서야 아픔을 인지했다.

지평선 너머 펼쳐진 대양의 수심을 가늠할 수 없듯이, 마음의 유리가 얼마나 두꺼운지도 알 수가 없다. 때론 서로가 그런 두께를 보지도 못한 채, 그저 건넨 말에 관계가 단절되거나 상처를 받기도 한다. 화자의 마음이 어떻든 간에 받아들이는 입장에는 지극히 주관적일 밖에 없다. 그나마 할 수 있는 최선의 노력은 상대에게 금이 갈 말을 파악하여 피하는 것이다.

말을
아끼는 일

●

대화가 끊겨 정적이 흐르는 일을 극도로 싫어한 나는, 잠
깐의 침묵에도 쓰잘머리 없는 말을 끊임없이 늘어놓곤 했
다. 낯가림이 심한 이는 그런 내가 부담스러웠는지 더 어
색하게 대했다. 도리어 말을 꺼내지 않은 것보다 못했다.
더구나 침묵에 무신경한 사람이 생각보다 많았다. 내가
타인을 너무 의식한 탓이었다.

　어쩌면 묵언도 대화의 연장선일지도 모른다. 문장 사
이에 여백이 있듯이 간간이 쉴 틈을 주어야 한다. 그 시간
을 통해 잔잔하게 생각을 정리해서 더 나은 담화를 나눌
수 있도록 준비하면 된다. 애초부터 구태여 침묵을 깨지
않아도 되었던 것이다. 상대에게 편안한 분위기를 만들어

주려 노력은 하되, 쉼 없이 연달아 말을 이어갈 필요는 없다. 자칫 언행이 방정맞은 촉새처럼 보일 수 있으니.

견우발괄 유수존찰大牛白活 有誰存擦이라 하여 두서없이 지껄이는 말은 아무도 알아주지 않는다 했다. 감명을 받아 가슴 속에 깊이 새긴 명언도 몇 줄밖에 되지 않는 것처럼, 요점만 간결하게 전달하는 편이 좋다. 더욱이 무조건 말을 많이 한다 해서, 나에게 이로운 점도 그다지 없었다.

때론 알아도 모른 척, 있어도 없는 척, 힘들어도 괜찮은 척하는 쪽이 마음이 편하다. 아는 것을 말하자니 잘난 척을 하는 것처럼 보이고, 있는 것을 보여주니 시샘을 받고, 힘들다고 말하자니 뭘 해도 힘든 사람처럼 보이니까. 되레 정도를 유지하는 편이 오해를 덜 산다.

굳이 무언가를 시작하기에 앞서 포부를 밝히는 일도 조심스럽다. 나에게 부담감만 더 가중할 뿐이었다. 예전에 잘 풀릴 거라 자부했던 일이, 엎치락뒤치락하다가 끄트머리에 배배 꼬여 망한 적이 있었다. 애초에 아무 말도 안 했으면 좋았을 텐데, 후회한들 내뱉은 말을 다시 주워

익숙해질 때

담을 수가 없었다. 간혹 모임에서 내 이야기가 나올 때마다 쥐구멍으로 숨고 싶은 심정이었다. 한없이 초라해진 내 모습에 자존감은 바닥으로 떨어졌다. 그 후부터는 자연스레 앞날의 계획을 세세하게 말하지 않게 되었다.

또한, 선뜻 비밀이야기도 건네지 않는다. 입이 가벼운 이에게는 언제 터질지 모르는 시한폭탄을 쥐여주는 것과 다를 바 없었다. 하물며 들키고 싶지 않았던 나의 속사정을 제삼자를 통해 듣는 것만큼 씁쓸한 일은 없다. 친한 정도를 떠나 상대가 말해준 비밀은 천근만근 무겁게 지켜야 한다. 나를 신뢰한 만큼 신의를 저버리지 않는 것이 도리니까.

그럼에도 오랫동안 알고 지내는 이들은 여전히 편안하다. 무엇보다 이래저래 대화할 때 신경 쓸 필요가 적다. 둘 사이 흐르는 침묵마저도 느껴지지 않으니. 이래서 막역지우라 하나 보다.

이미 박혀버린
미운털

한창 무르익었던 감정이 누그러지는 것보다, 이미 박혀버
린 미운털을 뽑아내는 일이 더 어렵다. 온통 검정으로 칠
해버린 바탕을 희멀겋게라도 만들기 위해서는 얼마나 많
은 하양을 덧칠해야 할까. 미루어 짐작할 수 없기에 쉽사
리 엄두가 나질 않는다. 비록 그런다 한들 미웠던 마음이
좋아질 수 있을지도 미지수다.

　실상 어디를 가든 나를 싫어하는 사람은 상존한다. 어
지간해선 개의치 않으려 하지만, 사회라는 울타리 안에서
만남을 이어가야 하는 경우는 이야기가 다르다. 우호 관
계를 맺고 있는 여럿보다, 나를 적대시하는 한 명이 더 신
경이 쓰이기 마련이다. 마치 잘했다는 칭찬 열 마디보다,

혐오가 담긴 한마디의 비수가 가슴에 꽂혀 남아 있는 것
처럼.

참 우습게도 누군가를 싫어하는 이유가 항상 마땅하지
만은 않다. 첫인상, 성향 차이, 시기와 질투, 근거 없는 오
해와 같은 시답지 않은 것들이 태반이다. 과히 당혹하여
아연함을 감출 수 없다. 만일 상대가 그러한 이유로 나를
미워하는 감정을 표출한다면, 그에 상응하는 감정을 되돌
려 줄 수밖에 없다. 어떤 심정인지는 실지로 느껴봐야 알
수 있을뿐더러, 그저 가만히 받아주다가는 당하는 빈도만
늘어갈 테다. 그럼에도 자신을 위해, 세상을 살아가기 위
해, 선을 넘지는 말아야 한다.

톨레랑스
tolerance

"나만 불편해?"

근래에 들어 모두와 다르다는 사실을 불편하게 보는 경향이 부쩍 두드러지고 있다. 트집을 잡는 데에만 혈안이 되어 있다. 사소한 것일지라도 놓치지 않고 주변의 공감을 유도한다. 그런 사람들을 인터넷에서는 신조어로 '프로불편러'라고 하는데, 일상 속에서도 그들을 쉬이 마주할 수 있다. 무작정 분위기에 휩쓸려 동조해선 안 된다. 그건 그 말에 힘을 실어줄 뿐이다. 언젠가 그 대상이 내가 될 수도, 당신이 될 수도 있다고 생각하니 끔찍하지 않은가.

대립과 혐오가 난무하는 지금 우리 사회에서는 관용의

자세가 절실히 요구된다. 프랑스에서는 이를 '톨레랑스'라 하는데, 16세기 종교개혁 시대에서 유래되었다. 마틴 루터가 〈95개 조문〉을 발표한 것이 도화선이 되어 구교와 신교의 갈등이 극에 치달았다. 급기야 수많은 화형과 학살이 무자비하게 이루어져 전쟁터나 다름없었다. 그로부터 오랜 시간이 지난 후에서야 반성의 의미로, 나와 다른 타인에 대해 너그러운 마음을 갖자는 개념이 생겼다. 일종의 슬픈 비극이 만들어낸 소산물인 셈이다.

타인에게 상처나 피해를 준 크나큰 잘못이 아니라면, 남들과 조금 다르다는 명목으로 상대를 매도해선 안 된다. 도리어 저마다의 삶을 보다 넓은 아량으로 존중해주고 수용해주는 편이 어떨까.

인스턴트
라이프

부산한 아침, 붐비는 사람들 틈을 비집고 일과를 시작한다. 다들 쳇바퀴처럼 돌고 도는 메마른 삶에 찌들었는지 무표정이다. 더구나 시뿌연 미세먼지로 인해 숨을 쉴 곳조차 없다. 삶도, 사람도, 마음도 나를 둘러싼 공기마저 너무 갑갑하다. 그저 오늘도 별일 없이 지나가길 바랄 뿐이다.

째깍째깍 초침은 빨라져만 간다. 나날이 빡빡해져만 가는 일상 속 시간적 여유를 가질 겨를도 없다. 일을 마친 후에 귀가해도, 쌓인 집안일을 끝내야 겨우 침상에 누울 수 있다.

우리의 삶은 마치 인스턴트 음식처럼 변해간다. 새로운

사람을 만나 관계를 맺고 끊는 일도 추가와 차단 두 가지 버튼으로 가능하다. 주소록에는 사회에서 만난 지인들로 가득해지고, 자신의 친구들은 만날 기회가 줄어든다. 사실상 많은 이와 관계를 둥글둥글하게 유지할 만큼 기력이 없다. 곁에 있는 몇몇을 챙기는 일과 나를 위한 시간을 갖는 것만으로도 충분히 벅차다. 그러다 보니 생활도, 공간도, 관계도 미니멀리즘을 추구하게 된다.

일상 속 정겨운 대화는 사라져만 간다. 감정을 잃은 로봇처럼 필요한 연료를 제때 넣고 사는 건 아닌지 회의감이 드는 건 왜일까. 살기 위해 먹는 건지, 먹기 위해 사는 건지, 그야말로 난제다. 대다수 비슷하게 살지만, 나도 사실 내가 잘 살고 있는지 모르겠다.

이 치열하게 돌아가는 굴레를 조금이나마 벗어나고자 매일 잠자리에 들기 전 명상을 해본다.

그럼에도 마음 한구석 공허함은 가시지 않는다.

불빛

온 세상이 나를 위해 펼쳐질 거라 믿었는데
　결국 나는 저 수많은 불빛 중의 하나였던 거다

　그래도 괜찮다
　아주 잠깐
　내가 누군가를 밝힐 수 있다는 것만으로도

익숙해질 때

마지막이
남기는 것들

우리의 기억은 세세히 녹화된 영상처럼 온전하지 않고 단편적인 조각으로 구성되어 있다. 그래서 시간이 지나 누군가를 떠올릴 때도 어렴풋하기만 하다. 물론 그중 감정이 절정에 다다랐을 때나 떠나가는 마지막 모습은 더욱 선명하다. 그런 경험들의 평균이 기억을 결정하는데 이를 심리학에서는 피크엔드 법칙이라 한다. 마치 셰익스피어의 '끝이 좋으면 다 좋아'라는 어두운 희극처럼.

요즘에는 관계에서도 마지막이 중요하다는 말이 점점 와닿는다. 직장 동료와 서로 티격태격 싸우다가도 떠날 때 회식 자리에서 앙금을 풀게 되면, 훗날 기억이 조금은 좋게 왜곡된다. 반면 평소엔 좋았다가 마지막에 안 좋게 끝나버린 관계는 정반대다. 연인 관계일수록 더 그렇다. 아름다운 만남의 과정보다 파국을 초래한 이별의 기억이, 잊지 않으려 아로새긴 행복한 순간보다 마지막에 받은 실연의 고통이 더 선명하니까.

나는 누군가에게 그리운 사람으로 남고 싶다. 다음에 만나자. 언제일지도 모르는 기약 없는 인사를 하는 지인에게는 되도록 마지막에 좋은 인상을 남기려 노력한다. 공연히 감정이 상해 그간의 쌓아온 이미지를 날려버릴 수는 없으니.

에필로그

올해 초 《무뎌진다는 것》을 출간한 이후 고민 상담을 요청하시는 분들이 부쩍 늘었다. 내 코가 석 자지만, 그냥 지나칠 수가 없어 일일이 답변을 해주는 편이다.

의외로 10대인 친구들이 많다. 진로상담이나 친구, 가족, 이성과의 관계에서 오는 고민이 주를 이룬다. 어른들의 입장에서는 별거 아닌 일이라 치부할지 모르지만, 본인에게는 인생의 전부라 말해도 과언이 아닐 정도로 의미가 크다. 생활반경이 집과 학교로 한정된 탓도 있을 테다.

그 시기에는 나도 많이 힘들었다. 둘러싼 환경을 바꿀 힘이 없었기에 더 그랬는지도 모르겠다. 일단 버티고 버텨야 다음이 있긴 하지만, 무거운 중압감에 짓눌려 완전히 무너져버릴 수도 있다. 그럴 때는 어쩔 수 없이 어른의 도움이 절실하다.

지금에서야 비로소 말할 수 있는 입장이 되었다. 정말 지나고 나니 별일도 아니었다. 물론 나이를 먹어도 힘든 현실에서 오는 고민은 그림자처럼 따라다닌다. 그럼에도 곧이곧대로 전해줄 수는 없다.

적어도 10대에는 꿈을 꾸어야 버틸 힘이 생긴다. 설령 꿈이 없더라도, 우선 주어진 자리에서 최선을 다하는 편이 좋다. 그래야 후일 하고픈 꿈이 생겼을 때 그만큼 빨리 이룰 수 있다.

내가 고민상담을 해줄 수 있는 건, 딱 거기까지다. 20대 부터는 별다른 조언을 해주기가 힘들다. 제각기 다른 삶이라 공감대나 경험이 담겨 있지 않으면, 말에 힘이 실리지 않는다. 결혼을 해보지 않고서 부부의 마음을 이해할 수 없고, 자식을 낳지 않고서 부모의 마음을 헤아릴 수 없듯이, 어림짐작으로 한 말은 언젠가 들키기 마련이다.

익숙해질 때

나이를 불문하고, 여전히 착각 속에 사는 이가 많다.

자신은 특별하다는 착각
남들보다 똑똑하다는 착각
마치 세상을 다 안다는 착각

그건 우물 안으로 자신을 가두는 격이다. 학벌이 좋다고 해서, 다방면으로 안다고 해서 다가 아니다. 배울 거리가 무궁무진한 세상에서 전부를 안다는 것은 애당초 불가능하다. 하물며 자신이 잘하는 분야에서 두각을 드러내는 일조차도 쉽지 않다. 때론 스스로 한계를 인정하는 편이 낫다.

나의 20대를 돌이켜보면, 세상사를 쉽게 단정 짓는 오만에 빠져있었다. 이상하게 많은 일이 만만하게 보였다. 쉬이 이룰 수 있을 것만 같았다. 자신이 특별하다는 착각을 하고 있었던 셈이다. 결국, 막연한 기대에 부푼 꿈은 대부분 실체 없는 허상에 불과했다. 마음과 달리 순조롭게 되지 않고, 얽히거나 뒤틀리기 부지기수였다. 그제야 괜스레 불안감이 밀려와 나를 압박해왔다. 뒤늦게 무지함을 자각한 것이다.

겨우 30대가 되고 나서야 내가 잘할 수 있는 일은 무엇인지, 또한 할 수 없는 일은 무엇인지를 조금은 깨달았다. 이제는 무작정 허울뿐인 이상을 좇지는 않는다. 도리어 눈앞의 현실을 직시하여 어느 정도는 타협하는 편이다.

〈논어〉에서 공자가 말하길 열다섯에 학문에 뜻을 두었고, 서른에 자립하였으며, 마흔에는 미혹되지 않았고, 쉰에 천명을 알았으며, 예순에는 이순^{耳順}이라 하여 사물의 이치를 통달하고, 마지막으로 일흔에서야 마음 가는 대로 행동해도 법도에 어긋남이 없었다고 했다.

요즘 같은 백세시대에 반 오십을 넘기지 않고도 세상사를 다 안다는 것은 정말 어리석은 생각이다. 하기는 위의 말처럼 득도하여 사는 인물은 주변에 없다. 나 역시도 그런 사람이 될 자신이 없다.

다만, 공자가 기준을 두어 나이별 이칭을 정해놓은 속뜻은 끊임없이 배우고 노력하며 살아가라는 것이 아니었을까.

익숙해질 때